長編超《スーパー》伝奇小説
魔界都市ブルース

菊地秀行《きくちひでゆき》

狂《くるい》絵《え》師《し》サガン

NON NOVEL

祥伝社

目次

カバー&本文イラスト／末弥　純
装幀／かとう　みつひこ

一九八X年九月十三日金曜日、午前三時ちょうど——。マグニチュード八・五を超《こ》す直下型の巨大地震が新宿区を襲った。死者の数、四万五〇〇〇。街は瓦礫《がれき》と化し、新宿は壊滅《かいめつ》。そして、区の外縁には幅二〇メートル、深さ五十数キロに達する奇怪な〈亀裂〉が生じた。新宿区以外には微震さえ感じさせなかったこの地震は、後に〈魔震《デビル・クエイク》〉と名付けられる。

以後、〈亀裂〉によって〈区外〉と隔絶《かくぜつ》された〈新宿〉は急速な復興を遂《と》げるが、その街を産み出したものが〈魔震〉ならば、産み落とされた〈新宿〉はかつての新宿であるはずがなかった。早稲田《わせだ》、西新宿、四谷《よつや》、その三カ所だけに設《もう》けられたゲートからしか出入りが許されぬ悪鬼妖物がひしめく魔境——人は、それを〈魔界都市"新宿"〉と呼ぶ。

そして、この街は、哀しみを背負って訪れる者たちと、彼らを捜《さが》し求める人々との物語を紡《つむ》ぎつづけていく。あらゆるものを切断する不可視の糸を手に、魔性《ましょう》の闇を行く美しき人捜し屋《マン・サーチャー》——秋《あき》せつらを語り手に。

第一章　露店の画商

1

秋《あき》せつらは時折り、サングラスをかける。言うまでもなく、その美貌《びぼう》の効果抑制のためである。彼の場合、「効果《エフェクト》」とは「事故《アクシデント》」とイコールになる。

最新の「新宿ガイド・ブック」は、彼の通った跡《あと》を「事故通り《アクシデント・ストリート》」と記載する。彼を目撃した通行人が棒立ちになって、交通を妨害し、ひどい場合は車に撥《は》ねられる。その車自体が、運転手がせつらに眼を奪われて――というから目も当てられない。

以前からこの「事故通り」の一件は〈公安〉と〈交通局〉の注目を浴《あ》び、サングラス着用の要求が再三だったのだが、せつらは無視を通して来た。

しかし、ついに彼が原因と判断される交通事故その他の犠牲者が、年間三〇名を超すに及び、〈区〉の要請は裁判がらみの強制に変わり、せつらは自主的にサングラスを購入したのである。

それでも、この若者の美貌は古今《ここん》類を絶する。すれ違う者、遠目に見る通行人が無事なくらいで、すれ違う者――どころか、前方数メートル以内で彼に気づいた者は、老若男女を問わず立像と化してしまう。

「事故通り」の死者は少しも減っていなかった。

晩秋のある夕暮れどき、せつらは〈明治《めいじ》通り〉を〈花園《はなぞの》神社〉の方へと向かっていた。

漆黒《しっこく》のコートに包まれた長身に乗った美貌は、どこまでも冷たく妖《あや》しく、そして、自らを嘲笑《あざわら》うかのように、茫洋《ぼうよう》と秋の風にゆれていた。

誰がこの若者が数分前に、近在のラブホテルの一室に侵入し、中学生の少女を暴行に及ばんとしていた暴力団員四人の生首《なまくび》をベッドに並べて来た魔人だと思おうか。

次々に棒立ちの男女を増やしつつ、せつらは通りに面した〈花園神社〉の鳥居前に差しかかった。

人々の列が次々と敷地内へ吸いこまれていく。石の鳥居を赤い提灯《ちょうちん》が飾っている。今日は一《いち》の酉《とり》なのだ。

救出した娘は、ホテルの外で待っている両親に渡して来たし、彼らは感激のあまり、約束の報酬に倍も色をつけてくれた。

「焼きそばでも食べよう」

ぽつりと言って、せつらは靴先《くつさき》を境内《けいだい》へ向けた。

ふと立ち止まった。

周囲の人々が凍《こお》りつく。立像の一角が出来上がった。

彼らは恍惚《こうこつ》のさなかで、世にも美しい若者のひとことか、行動を待ったのである。

すぐにやって来た。

「いや、おでんにしよう」

幸い、誰もコケずに、せつらは本殿の方へ歩き出した。

境内は人と屋台の市場だった。

ホルマリン漬《づ》けの妖物、数千枚に及ぶ〈新宿〉に埋蔵された宝の地図、鎖につながれた人造生物等、いかにも〈魔界都市《まかいとし》〉らしい露店に混じって、おでん、焼きそば、カルメ焼き、リンゴ飴《あめ》、ポップコーン、甘酒といった欠くべからざる平凡な店も客を集めている。

本殿前の広場の西の隅《すみ》に古本、古道具の店が固まっていた。

せつらの眼を引いたのは、そのうちのひとつから洩《も》れる男の声であった。

「これには魂がこもっている」

どこにでも転《ころ》がっている台詞《せりふ》だ。

「作者のばかりではないぞ」

これこそ、〈魔界都市〉の台詞というべきであった。

せつらの足は爪先《つまさき》の向きを変え、そちらの方へ歩き出した。

声の主は、でっぷりと太った、およそ商品とは縁のなさそうな中年男であった。思いきり肉を詰《つ》めて押し縮《ちぢ》めたような顔は、てかてかに光っていた。汗である。

男を囲んでいるのは、キャンバスの壁であった。

五号から等身大の一五号サイズの人間たちが男を見つめている。

このとき、せつらは一瞬足を止め、すぐにそれが冗談だったとでもいうように、中年男のぐるりを固めたキャンバスの重なりに近づき、その表面を飾る油絵具の芸術を覗《のぞ》きこんだのだが、他の見物人たちは、まるでせつらの虜《とりこ》になったかのごとく、目の細《こま》かい布地に描かれた人物に視線と意識とを吸い取られていたのであった。

ここに到《いた》っても、中年男はたやすく彼と作品の術中に陥《おちい》った愚鈍《ぐどん》な連中の中の例外に気づかない。

手にしたステッキで、

「――よおくご覧あれ。このかがやくばかりの美しき存在たちを」

口上《こうじょう》に嘘《うそ》はなかった。

胸より上、全身像を問わず、描かれたものたちは例外なく美しかった。

そうとも。金髪の美女、青い瞳の少年、黒髪をなびかせた青年、平凡な背広姿の中年サラリーマン、杖《つえ》をついた腰曲がりの老人と老婆。

人間ばかりではない。今にも相手の背後から躍《おど》りかからんとする黒豹《くろひょう》、疾駆《しっく》するライオン、草の葉の間から黒い小さな頭をのぞかせた毒蛇《マンバ》、いやいや、天へ昇る竜、片手に人間、片手に石の棍棒《こんぼう》を摑《つか》んだ単眼巨人《サイクロップス》、七つの口から火を毒水を酸を吐き散らすヒドラ――伝説の生物たち。

背景はない。最低限の草、雲、海原を共演者に、現実の生なきものたちは、絵の中の生命を躍動《やくどう》させていた。

その眼のかがやき、呼吸すら感じさせる胸、跳躍寸前の筋肉をたわめにたわめた両脚、長い人生の果てに得た優しい眼差《まなざ》し、生き抜いて来た自信に満ちた表情――単なる油絵具の描線が与えた生命が、これらを支えていた。人々の眼が吸いつけられたのは、黄金を眼前にしたくらい当然だ。

だが、例外はやはり例外であった。

「上手《うま》いなあ」

ひとこと言って、せつらはきびすを返した。

ようやく彼に気づいて、

「おい、あんた」

と中年男はふり向いた。

凍りついた。

他の見物人たちと等しく。

事情は少し違う。男を動かなくしたのは、今の今まで絵の魔力に取り憑《つ》かれていた人々の眼が、別のものを映していたからだ。

そして、人々が凍りついたのは――言うまでもあるまい。

そして、中年男もそのひとりになった。

「おい――あんた、ちょっと待ってくれ」

と杖でせつらの背中を指しても、〈新宿〉一の我が道を行くは、平然と歩み去る。この若者にとって、万人の魂を吸い取るような絵画も、もはや十把《じっぱ》ひとからげの複製画に等しいのだ。

「この絵の価値がわからんのか、いや、そんなはずはない。じっくり眺めてたんだ。じゃあ、どうして出て行ける？」

そのとき、立像と化した見物人たちのひとりが、夢の中にでもいるような口調で、

「絵にも描けないくらい美しいからよ」

とつぶやいたが、中年男の耳には届かなかった。

「待ってくれ、あんた――えい仕様がない。自己紹介をしておく。わしは、画商のピエール・ランジュだ。当分ここにおる。名前を教えてくれ！」

切なげとさえいえる声にも、参道を歩み去る美しい影は無反応を通したが、このとき、ピエールは見物人のひとりが洩らした、夢見心地の声をまた聞いた。

「知らないの、モグリね。秋せつらよ――ドクタ

ー・メフィストと並ぶ〈新宿〉で、いいえ、この世で最も美しい男。神が八日間もかけて彫刻したそうよ。世界を造るより一日も多く使ってね」

「秋せつら——ドクター・メフィスト」

つぶやきながら、彼はかつてボリビアで生じたのと同じ現象——何も買わずに立ち去る見物人たちを見送った。

焦《あせ》りはしなかった。入れ違いに、秋せつらとやらを眼にしていない見物人たちが、ずらりと並んだからだ。

たちまち身も精神《こころ》も奪われ、恍惚と立ち尽くす人々に、

「ようこそ——画商ピエールの即売会に」

と恭《うやうや》しく一礼しながら、彼の思いはすでに見えなくなった若者を追っていた。

「秋せつら——君は何処《どこ》にいる？」

しかし、彼には仕事があった。

「さあ、お集まりの皆さん、ここに並んだ絵の数々——どれひとつ取っても、〈魔界都市〉といえど、私以外の画商から購入できる品ではございません。この絵には魂がこもっています。それも、モデルだけではございません」

ここを妙に低く、意味ありげなイントネーションで飾って蒼《あお》い空気を脅《おび》やかし、

「多くは申しません。さあ、私が手がける天才の作品を穴が開くほどご覧になった上で、一枚なりともお買い上げ下さいませ」

この画商以外はストップ・モーション状態に陥ったかのような空間に、突如《とつじょ》動きが生じた。

人々が絵に向かって歩き——いや走り出したのだ。

あたかも、すでに——生まれてくる以前からこの絵に目をつけていたとでもいう風に、彼らは思い思いのキャンバスを持ち上げ、ピエールに突進した。

「おお、これはかたじけない。それは五〇万、そちらは一〇〇万円——カードで結構ですとも。申し訳

ありませんが、人手は私ひとり。梱包《こんぽう》等はできません。そこにビニール・バッグがございます。勝手に入れてお持ち下さいませ。おお、おお、それもですか、ありがとうございます。ご覧下さい、雲が流れて行く。私の商《あきな》う絵をお買いになった方々には必ずや、天の恵みがございます」

一〇〇点近い絵は、瞬《またた》く間にさばけた。

精算器のスリットにカードを差しこんで支払いを済ませ、キャンバス入りのバッグを抱え、或《ある》いはぶら下げて帰宅の途についた人々の眼は、ひどく虚《うつ》ろだった。

その後ろ姿へ、まぎれもない侮蔑《ぶべつ》の視線を送りつつ、

「全てさばけたぞ、リラン」

と画商は声をかけた。奥にある小さな黒テントへかけたのである。

「しかし、気の毒に、何も知らんで。〈魔界都市〉と呼ばれる街の住人なら途中で絵の正体に気づくかと、実はヒヤヒヤものだったが、おまえの絵をひとめ見たときの反応は、パリやロンドンやベルリンの素人《しろうと》どもと変わらん。いやはや大した力だわい」

闇《やみ》を張りつめたようなテントの表面に、もっと濃い筋が入ると、

「ほれ、新作だ」

若い男の声と同時に、青白い腕が一枚の一〇号キャンバスを摑んで現われたのである。

「おお、おお」

画商の脂《あぶら》肪顔は、笑うと卑《いや》しくなった。

近づいてそれを受け取った途端、

「おまえ、ピエールよ、今の男の顔を見たか?」

とテントがささやいた。陰々滅々《いんいんめつめつ》、地の底から湧《わ》き出たような響きであるが、若い、それも教養のある男の声であった。

「今の?」

と細い眉《まゆ》を寄せ、たちまち、

「おお、秋せつらか」

「名前などどうでもよい。なんという――なんという美しさだ。ピエール」

　百万遍も耳にしてきた呼びかけは、今夜こそ異《い》形《ぎょう》の響きを備えていた。

「お、おお」

「あの男を、どんな形でもいい。私の――リラン・デュニスのモデルにさせてくれ」

「どうしたというのだ、リラン？」

　ピエールの表情は二つの感情に苛《さいな》まれていた。

「おまえから求めるなど――わしは背中しか見なかったが、あの男――秋せつらはそれほどの男なのか？」

「おまえは一生見ずともいい」

　リランは嘲《ちょう》笑《しょう》を隠さなかった。

「いや、他の連中もだ。私のモデルになるために生まれて来たような美しい男――ピエールよ、彼――秋せつらには、私の前に立つ以外のことはさせるな」

「……………」

「これを果たせば、おまえの願い、確かに叶《かな》えてやろう」

「本当か⁉」

　見《み》栄《え》も外《がい》聞《ぶん》もなく、ピエールは丸まっちい手の平を打ち合わせた。

　表情が淫《みだ》らにとろけた。

「来い」

　声が手招いた。ピエールはテントの前に立った。手はいったん引っこみ、すぐにまた現われた。

　ピエールの猪《い》首《くび》を巻いた手は、確かに二本あった。

「ああ、リラン――愛しのリラン・デュニス。おまえとこれが出来るなら、わしは何人でも殺そう」

「嘘をつくなよ、ピエール」

「つかん。つかんとも。だから」

「あわてるな」

　白い手は、画商の顔の位置を変え、テントの奥へと導いた。

首までが呑《の》みこまれたところで、前進は止まった。

それから――。

濡《ぬ》れた柔らかい肉が重なっては剝《は》がれる音が、蒼《そう》茫《ぼう》たる空気の中に生じた。

それは何度もつづいた。

2

「おい、見ろよ」

こっくりこっくり、舟を漕《こ》ぎ出した監視員は、只《ただ》ならぬ同僚の呼びかけに眼を醒《さ》ました。

「どうした?」

緊張した声に、声をかけた同僚は頭を搔《か》いて、こう弁解した。

「いや、ただの観光客だと思うんだが、多すぎないか?」

指さす窓の向こうは、〈四谷《よつや》ゲート〉の通路と、ぞくぞくとこれを渡って来る群衆の姿があった。

「こんなことで起こしたのか?」

怒りまぎれに凄《すご》んだ監視員は、しかし、すぐに同僚をふり返った。顔が恐怖に歪《ゆが》んでいる。

「何だ、あいつら――透《す》きとおってるぞ!?」

「そうだ。だが、死霊や亡霊なら計数装置には記録されない。それが――」

同僚はコントロール・パネルに嵌《は》めこまれたインジケーターを見つめた。

「もう一〇〇人だ。おや消えるか――いや、後から来る。同じくらい来るぞ」

虚ろな表情を隠さぬまま、半透明な人々の群れは、ゲートをくぐり、〈新宿〉へ散って行った。

最終数値は三〇〇人であった。

「何だよ、あいつらは?」

〈外苑東《がいえんひがし》通り〉から〈新宿通り〉へ入った黒塗り

のリムジンの運転手に、こう吐《は》かせたのは、歩道を黙々と進む半透明の群衆であった。

「——何かのストか？」

半寝呆《ねぼ》けな助手席の男が応じた。

「かも知れんな。それより、じきに〈十二社《じゅうにそう》〉だ。油断するなよ」

「おまえと一緒なら安心さ」

運転手にこう言われ、同僚はドアの内側にセットしておいたショットガンを外《はず》し、装弾数を確かめた。

人ひとり確実に殺すには、充分すぎる数であった。


〈十二社〉の定食屋でコロッケ定食を摂《と》ってから帰宅したせつらを、豪華なリムジンが待っていた。

「『世界絵画販売シンジケート』の日本支部長・黒《くろ》沢志摩《さわしま》と申します」

まだ四〇代はじめと思《おぼ》しい黒沢は、にこやかな笑みを見せた。

六畳間に通して、せつらは用件を尋《たず》ねた。

先刻覗いて来た絵画の露天商と関係があるのは察しがついている。

「実は——」

黒沢は正座したまま、決意にこわばる表情を突き出し、

「〈新宿〉を出ていただきたい」

乾燥し切った声で申しこんだ。

さすがに、頭上に？マークを点《とも》らせるせつらへ、

「いや、長期ではありません。ひと月、いえ、一週間だけでも結構です。その間の費用はすべて当方で負担させていただきます」

せつらは日本支部長を見つめた。例によって小春《こはる》日和《びより》のお坊っちゃまの呑気《のんき》な人間観察としか思えない。

「国内でも外国でもお好きな場所をお選び下さい。すべてジェットのファースト・クラス、いいえ、豪

華客船でも結構です。いったんジェットに乗った以上、あなたのご希望の場所とホテルの床以外は踏ませません」

「それはどーも」

一応返してから、黒沢にも出した番茶をひと口飲《や》って、

「で、理由は？」

「申し上げられません」

黒沢は頭を下げた。

「ここは〈新宿〉ですよ」

とせつら。どんな異常な内容でも驚かないという意味だ。

「存じております」

黒沢はハンカチを取り出して、額《ひたい》の汗を拭《ぬぐ》った。

「ですが、その、あまりにも突拍子《とっぴょうし》もない内容でして」

「明日も明後日《あさって》も仕事が詰まってる。駄目《だめ》ですね」

「それは重々わかっております」

ついに黒沢は額を畳にすりつけた。

「ですが、そこを――そこを何とかお願い申し上げます」

「駄目」

「は？」

「理由がないのに出て行けない」

「で、では」

黒沢は死人《しびと》のような声をふり絞った。

「生命《いのち》――に関わることで。これしか申し上げられません」

「違う」

「は？」

「生命の次に間《ま》が空《あ》いてた。別のもの、ものに関わることだな」

「…………」

黒沢は沈黙した。当たり、と苦渋《くじゅう》の表情が告げていた。それから――この若いの、何者だ？　と。

そのとき、彼は右手を胸に当てた。

「緊急連絡です。失礼」

「どーぞ」

　せつらは立ち上がり、奥のドアを開けて出て行った。

　五分で戻った。

　黒沢支部長は落ち着きを取り戻していた。

「いやあ、うまくいかんもんですねえ。私としては、何とか八方丸く収めたかったのですが、申し訳ない。本部のほうが持ちませんでした。これにて失礼いたします」

「海外旅行は――無し？」

「はい」

「何をしに来た？」

「あなたを救いにです。しかし、あなたはご自分で拒否された」

「助けては――」

「もう遅い」

　黒沢は実に気の毒そうな表情になった。

「本部の上層部は、最初から何もするなと言って来ました。しかし、何も知らない方に襲いかかる死を放ってはおけなかった。それでやって来たのですが、あなたは頑《かたく》なに拒否された。私に出来るのはここまでです。あなたへの力及ばなかったこと、お許し下さい」

　非情と思えるほどあっさりと立ち上がると、三和土《たたき》へ下りて出て行った。一度もふり向かなかった。

「やれやれ」

　溜息《ためいき》をついてから、

「そこを出ろ」

　とせつらは重々しく言った。すぐに引きつった表情で、携帯を両手で持ち、

「ですが、説得中です」

　眼を細めて冷たく、

「みな聞いた。見込みがあるとは思えん。相手は〈魔界都市〉でいちばんの名声を得ている男だ。君では力不足だった」

「——しかし、いま見放してしまえば——どうなります？」

携帯にすがりついた。そして、切り捨てるように、

「一支部長の関与はここまでだ。後は本部にまかせたまえ。人捜し屋が戻ったら、出て行くんだ。まっすぐ支部へ帰りたまえ。新しい指示が出ている」

「わかりました」

と肩を落として、せつらはおかしな会話劇を終えた。

ドアの向こうに立っている若者は美しすぎて、言葉のほうからやって来るのかも知れなかった。

時間がどれだけあるのか。

せつらはしかし、あわてる風もなく、三和土のサンダルを引っかけて闇の国へと向かった。

〈十二社〉へ入ってすぐ、後部座席へ移った同僚が、

「いたぞ」

緊張した声を上げた。

「ああ」

と応じただけで運転手は同じスピードを維持した。急発進やアクセル踏みは相手に勘づかれるもとだ。

前方——二〇メートルばかりの〈秋せんべい店〉の看板の下に、世にも美しい若者が、ぼんやりと立っている。

——春の精か？

リアル極まりない世界を歩いて来た男が、思わず、子供時代に読んだ絵本の記憶を口に出したほど、店と街灯の間に立つ若者は美しかった。

「こんなに近くとは思わなかったが、絶好のチャンスだ。あの無防備具合なら、おまえのショットガンの一発で仕事は終わりだぞ」

だが、そう言う運転手さえ、ハンドルを握る手はふるえ、息は臨終《りんじゅう》のごとく、途切れ途切れだ。

——運転できるだろうか？

閉じなくなる眼を見開き、運転手は後方の同僚を信じて、その美しい影へと車を向けた。

同僚が右の窓に寄って、まず座席の背に身をもたせかけた。見られてはまずい。一瞬が勝負の仕事だった。両手は銃身《バレル》と銃床《ストック》を切り落《カット・オフ》としたショットガンを保持している。

「一〇」

と運転手が声をかけた。

「一発で決めてくれ。二度と機会《チャンス》は来ない」

同僚はよしと応じた。

「九」

〇〇弾《ダブル・オー・バック》が詰めてあるか、気になった。いつものことだ。

「——六」

安全装置は？　外《はず》してある。本当か？　確かめろ。

「——五」

「え？」

と口を衝《つ》いた。

「まさか？」

運転手も呆然《ぼうぜん》としている。

せんべい店の前にいた若者が、足早にこちらへ歩き出したのだ。

どうする？

二人の脳裡《のうり》を横切ったのは、この疑問だった。一瞬で決めなければ！

運転手はブレーキを踏んだ。

「誘って殺《や》れ」

運転手の声は低く、強く、そして、溶《と》けていた。

彼がこの結論を選んだのは、やって来る若者の無邪気とさえいえる雰囲気のせいであった。いきなりぶっ放すことはできなかった。

スピードを落としたリムジンのかたわらへ来た若者は、後部座席の同僚に黙礼して見せた。運転手はどう思った
射てない、と同僚は思った。運転手はどう思った

のか、車はもう止まっている。

「済みません」

と若者は言った。

「急に欲しいものが出来ちゃった」

「――何だい？」

訊《き》いたのは運転手だ。普通はまず運転手にひとことありだろ、との意識も脳裡から蒸発している。

「それのあるところへ連れてって欲しいのか？　いいとも、乗りなって」

「いいや」

若者はかぶりをふった。

「欲しいものは、眼の前にある。二つもね」

はじめて、二人の殺し屋は、若者の美貌の異常さに気づいた。

何処かおかしい。何処かバランスが崩れている。

突然、それは溶けた。固まっていた絵具が、一瞬のうちにとろけたかのように、美貌は清流と化して、車体と彼自身の胸を汚した。


「な、何だ、こいつは⁉」

「化物」

二人にとって幸運だったのは、〈区外〉の人間でありながら、〈新宿〉の環境に順応すべく、様々な怪異現象、妖物、悪霊等について、凝縮学習を受けておいたことだろう。凝縮学習と催眠法をベースにした環境順応は、理解し得ない現象を眼《ま》のあたりにした精神的衝撃を充分に緩和してのけた。

同時に悲劇が生じた。安堵《あんど》が反応を遅らせたのである。

3

「はん？」

とせつらが首を廻《まわ》したとき、ショットガンらしい腹に響く銃声は、なお空気を震わせていた。発射地点はカーブの向こうだ。自然に足が動いた。

黒いリムジンが見えた。

運転席の歩道側に黒ずくめの影が立っていた。車体との間にはまだ硝煙が漂《ただよ》っている。

せつらは歩きながら妖糸を放った。

車中には男二人——片方は即死状態だが、もうひとりはかろうじて生きている。

問題は黒ずくめだ。

せつらは軽く瞬《まばた》きした。糸が伝えてくる相手の正体は——

黒ずくめが自分だと、せつらにはわかっていた。見た目から推定される各パーツのサイズは彼自身のものだ。唯一《ゆいいつ》異なるのは——

首がない。

「わかった」

とせつらはつぶやいた。敵の正体がわかったのだ。

相手もせつらの方へ歩き出した。

その間は——八メートル
双方足を止めた——六メートル
五メートル
四メートル
三メートルまで迫ったとき、せつらは相手の胴に巻きつけた糸を使うつもりだった。

その寸前——首なし男の身体は衣裳《いしょう》も含めてその場に垂直に落ちた。極彩色の汁が歩道にとび散り、せつらは二メートルも後方へ跳躍して飛沫《ひまつ》を避けた。

「絵具」

と彼は言った。それが相手の正体であった。

アスファルトに広がった、毒々しい色彩《いろ》を迂回《うかい》しながら、せつらはリムジンを覗いた。

二人とも口と鼻から極彩色の物質を吐いていた。

運転席の男はすでにこと切れていたが、後部座席の男は痙攣《けいれん》中で、すぐに気道を塞《ふさ》いでいる物質を吐《と》瀉《しゃ》した。妖糸がかき出したのである。

荒い息をつく男は涙目であった。

それがせつらに焦点を合わせた瞬間、

「てめえ」

口腔に残った物質ごと叫ぶや、握っていたショットガンの銃口をせつらに向けた。

二発目の散弾は空中に消えた。銃身が突如、真上に跳ね上がったのだ。

またか、と男は思った。また、口と鼻の中にこいつの溶けた顔を詰められて死ぬのか——そう思った男の脳はとっくにとろけている。

彼はドア一枚隔《へだ》てた美しい敵が、自分を指さし、

「生命の恩人」

と言うのを聞いた。混乱の眼差しが、ようやく収まった。

「そうか、おまえ本物か」

「『世界絵画販売シンジケート』の殺し屋」

驚愕《きょうがく》が男を襲った。こいつ、もう知っているのか!?

次に打つ手を彼は捜した。

「訊きたいことがある」

とせつらは言った。なんと月並みな、なんと茫洋たる、なんと美しい言葉か。

「ああ、何でも訊いてくれ」

と男は答え、すぐに汗と絵具まみれの顔でうなずいて見せた。

「——と言いたいところだが、おれもプロでな。また会おう」

いきなり首を折った殺し屋に、せつらは呆気《あっけ》に取られて、妖糸を心臓に向けた。

「止まってる」

他の器官もすべて作動を死に切り換えていた。自律神経をコントロールする術を、この殺し屋は、心得ていたのであろう。

「また、ね」

せつらは背を向けて、店の方へ歩き出した。死の国の住人になるなど真っ平であった。リムジンと二人の死者は、誰かが発見して警察を呼ぶだろう。窒《ちっ》息《そく》死した男と心臓麻痺《まひ》のショットガン男、そして、

死因のひとつになったと思しい大量の絵具――鑑識はたちまち、悩みもせずに、結論を出すだろう。
絵具状生物による殺人――でなければ、不明。

眼醒まし後の予定を思案してから、せつらは眠りについた。

一時間足らずで眼が醒めた。監視用の妖糸が、通りから敷地内に入って来た存在を探知したのである。ひとりではない。

ドアが開いた。せつらは少し驚いた。ロックは三重である。それを解いた気配もない。

三和土から六畳間へ上がりこんで来た気配は、せつらの周囲に坐《すわ》りこんだ。足音ひとつ立てないが、呼吸音は聞こえた。

生ける死者《リビング・デッド》でもゾンビでもない。

気配はもう二〇を超えている。

いつまで狸《たぬき》寝《ね》入《い》りを決めこんでいいものか、せつらは判じかねた。


気配の主たちは、陰々と坐っている。

「どーも」

せつらは起き上がった。不意をついたつもりだが、誰ひとり驚きもしない。予想していたとはいえ、気まずい思いであった。

六畳間にどう詰まったものか、人数は二〇どころか五〇人を超えている。

老人も老婆もいる。若い男も娘も、少年も少女もいる。白人も黒人もアラブ系もいる。

世界中の人間の代表が集まっているような、秋せつらのオフィスであった。ただし、その代表たちは人間ではなかった。

「――何か?」

とせつらは訊いた。あまりにも当たり前のような気がした。

「夜分に失礼します」

深夜の奇妙な来客たちは、一斉《いっせい》に頭を下げた。礼儀はわきまえているらしい。

敷地内へ入って来たときから、全員が妖糸に巻かれていた。生きた人間に間違いない。

せつらの枕元に正座した中年男が、

「助けて下さい」

と言った。

「ボディガード会社へ」

「いや、間違えました――見つけて下さい」

男は訂正した。

「誰を？」

「我々みんなを」

「となると――みなさんは」

「魂の抜《ぬ》け殻《がら》です」

「ほう」

せつらはいつもより少し眼を見開いて、中年男の隣りにいる娘を見つめた。
十七、八と思しい顔立ちは美しいのひとことに尽きるが、青春の匂い立つ香気は漂って来ない。無惨な皆無であった。
「ひょっとしたら――〈花園神社〉の？」

「そうです」

また一斉にうなずく。一糸乱れぬ集団行為というのは、どこか気味が悪い。

「我々は、みな、世界中から集まった、リラン・デュニスの肖像画のモデルです。正確には抜け殻ですが」

虚ろな――とすら言えぬ無表情、抑揚《よくよう》のない白い声、身じろぎひとつしない身体。そして、人間らしさを一切断った雰囲気。魂が抜けるとは、こういうことか。

「捜して欲しいのは、我々の魂です」

と男は続けた。

「それはリランの絵の中に封じこまれています。あなたが今日ごらんになったキャンバスの上に」

「あなた方とリラン氏の間に、金銭関係は？」

「モデル料ということですか？」

「そうです」

「我々全員、受け取っております」

「じゃあ、魂を捜し出しても、それから先の返還要求は成立しません」

「どうしてですか？」

「あなた方は、モデル料を受け取ってモデルを務め、正当な報酬を受け取った。その時点で魂を返せとの異議は無効となります」

「しかし、魂までは約束していません」

ここで声は途切れ、少しして、

「どうしてこんなに冷静でいられるんだろう、口惜《くや》しいなあ」

と、ちっとも口惜しそうではなく告げた。

「優れた絵や写真は、被写体の魂を吸い取る——これは創造者の鉄則です。リラン氏にその気がなく、絵の実力がそうしてしまったと抗弁されたら、この街では、どんな優れた法律家でも言い返せません」

「なら、〈区外〉で」

「〈区外〉では、魂を吸い取られたという訴訟自体が成立しません」

「では、あきらめろとおっしゃる？」

「それしかありません。ただ、あなた方の魂を捜し出すことは可能です。それで良ければ捜すことに問題はありません」

「捜して下さい」

せつらばかりか全員が声の方を向いたのは、誰も予期しなかった言葉だからだった。

見たところこの国の十七、八の娘であった。

「国重左輪《くにしげさわ》っていいます。あたし、モデル料受け取ってません」

「どうして？」

「モデル料は受け取りに行くことになってたんですけど、私、交通事故を起こしてひと月以上入院してたんです。その間に——」

魂を奪われたということだろう。

せつらはうなずいた。

それなら、要求は出来る。そして、それはせつらの関知するところではなかった。

「引き受けましょう」

こう言っても、訪問者たちの間には、熱気の波ひとつ渡らなかった。

「ありがたい」

「助かりました」

「よろしくお願いします」

恐らく歴史上、これほど心のこもらぬ礼はないだろう。

魂を失った者たちの眼には、せつらすら路傍《ろぼう》の石に等しいものか、彼らは淡々と礼を言い、淡々と出て行った。

最後に、左輪が残った。

「ありがとうございます」

左輪の手はせつらのそれに重ねられた。

光のない瞳がせつらを映している。

「おかしいわ」

と言った。

「何が？」

「こうなってから、あたし何にも感動したことがないの。五感は正常なのに、そこから感じるものが何ひとつない。夏でも暑いと思えない。風に吹かれても気持ちよいと感じない。怪我《けが》しても痛くない、恋人といても楽しくない。彼、いなくなっちゃったわ。あたし、死のうと思ってナイフで手首を切ったの。少しも痛くなかった。どんどん血が出ていっても怖くなかった。気が遠くなるだけ。そのとき、気づいたの、あたし彼に逃げられても悲しくなんかなかったって。血が流れ切る前に両親に見つかったときも、嬉《うれ》しいとも失敗して口惜しいとも思わなかった。これって、もう人間じゃないよね。それなのに――」

娘はせつらを見つめた。

「あなたの顔を見てると、胸が少し熱くなるような気がするの。ふっと、魂のかけらが残ってるんじゃないかと思ったわ」

「…………」

娘の手が離れた。

「――忘れて。気のせいだった。もう何も感じないわ。それがどうしてか、少し口惜しい」

娘がドアを閉めるまで見送り、せつらは布団《ふとん》に潜《もぐ》りこんだ。

よくあることではないが、あり得ない出来事ではなかった。

すぐ眠りに落ちた。

寸前に、可憐《かれん》な声が小さくつぶやいた。

少し口惜しい。

第二章　幽閉者

1

半日とたたないうちに、せつらは手詰まりになったと、認めざるを得なかった。

画商の行方がどうしても摑めないのである。

〈花園神社〉の露店地は古本商が占め、エドガー・アラン・ポーの初版本があるよと声を張りあげていた。

運送業者の線もなし、絵を運びこむ倉庫、マンション、空家の類《たぐい》も該当はゼロであった。

〈新宿〉を出たかと思ったが、各〈ゲート〉のコンピュータにもそれらしい〈出区者〉はいなかった。

外谷良子《とやよしこ》への問い合わせの結果も、

「不明だわさ」

で終わり、せつらは久しぶりに美しい眉をひそめた。

数百点の絵画と人物が、誰にも知られず消えて行くのも、〈新宿〉という街にふさわしいかも知れない。

それを捜し出すのが、せつらの仕事だった。


「許可できんな」

白い医師は、せつら以上に美しい顔に冷厳を加えた。

「画家サガン——人呼んで〝狂《くるい》絵師〟。いくら君の希望とはいえ、外へ出すことはできん」

「そこを何とか」

せつらはテーブル越しに身を乗り出した。

〈メフィスト病院〉の応接室である。

「君こそ何とかできまい。サガンが単なる狂人画家、狂った芸術家というだけなら、何の問題もない。だが、彼は——私が手ずから〈特別病棟〉に収容しなければならなかった相手だ」

せつらの眼は宙を仰いだ。ドクター・メフィスト相手に、サングラスは不要である。

少ししてから下ろして、

「本当《まじ》に？」

「本当《まじ》だ」

　メフィストは左肩に触れた。

「私はこれまで二度、戦いで傷を負ったことがある。うちひとつがサガンの手になるものだ。いや、正しくは筆だな」

「筆？」

　せつらは小首を傾《かし》げたが、メフィストは応じず、

「とにかく、引き渡せない理由はこれで充分だろう。帰りたまえ」

　せつらはうなだれた。正しくは、頭を下げた。ゆっくりと三つ数えてから、その姿勢のまま、

「なら、会わせて欲しいな」

と、呻《うめ》くように言った。

——やはり、三つで来たな
　メフィストは見抜いていた。断わらなくてはならない。

　癌《がん》ですらひとにらみで縮小するといわれる〈魔界医師〉の双眸《そうぼう》が、せつらを貫《つらぬ》いた。

　俯《うつむ》いた顔が上がり、上目遣《うわめづか》いに白い医師を見つめた。

　視線が空中でぶつかり、瞳《ひとみ》と瞳はお互いの顔を映した。いまこの二人は、世の最も美しいものを凝視《ぎょうし》しているのであった。

　誰がこれを戦いと思うだろうか。しかし、これは正しく死闘であり、その凄絶《せいぜつ》さに比して、或いは凄絶さゆえに、即座に決着を迎えた。

「よかろう」

とドクター・メフィストは言った。言葉と一緒に洩らした吐息《といき》は、溜息だったかも知れない。

「どーも」

　せつらの礼は悪びれもせず、有難くもなさそうであった。メフィストを知る者は心臓がいっとき止まるのを感じ、二人を知る者は苦笑を浮かべるのであろう。

「じゃあ、これからよろしく」

とせつらは、にこやかな笑みで決めた。


白い廊下と壁が何処までもつづいていた。

外から見たとおりではあり得ない広大さであった。

左右にドアが並んでいる。これだけが紅《あか》い。血の色だ。

どれくらい歩いたのか、せつらにも不明だった。

距離感が摑めない。前に一度、妖糸を放ったことがある。糸はいつの間にか、せつら自身を巻いていた。〈メフィスト病院〉の〈特別病棟〉では、空間も歪曲《わいきょく》しているのだ。

〈メフィスト病院・特別病棟〉――〈魔界医師〉が、目下治療不可能と認めた患者のみを収容する施設だが、それなら通常の病棟で事足りる。

付帯条件がつく。その意味を推測して狂気に陥った者さえいるという。


危険人物――凶人だ。

廊下とせつらを支配しているのは、静寂であった。

足音ひとつ響かず、声ひとつ聞こえて来ないのである。それは患者たちを封じこめる策ゆえではなく、患者自身が声を出さぬのに違いない。燃えさかる扉の向こうで、患者たちは声さえ惜しんで何を夢み、企《たくら》んでいるのだろうか。

前方を行く介護士兼護衛《ガード》の足がぴたりと止まった。五十年配と思しい白髪《しらが》の目立つ男である。

その屈強な姿が、抑えようもない恐怖に打ち震えているのを、せつらは見ることができた。

「何なら、ここで」

と声をかけた。さすがに見かねたらしい。

「怖くないですか？」

無関係な返事が返って来た。

「自分は、表の柵《さく》の前を通るのも恐ろしい。ねえ、あんた、自分が幾つに見えます」

正直に答えると、男は虚ろな声で笑った。

「とんでもない。自分はまだ二六ですよ。ここへ勤めて五年。その間、何のトラブルもありませんでした。ただ、一日に二度、この廊下を往復するだけです。それだけで――それだけで、こんなご面相《めんそう》だ。予言してもいい、明日、自分の頭は真っ白になっていますよ。そして、誰に訊いても七〇過ぎと言われるでしょう」

男は左方のドアへ眼をやった。

「狂絵師――サガンの部屋です」

そう口にした途端《とたん》、髪が真っ白に変わった。

「奴は何をしているんだ？　ここへ入れられてから三年と半。声ひとつ物音ひとつしないままだ。ええ、たったひとりの面会人もいないから、このドアは一度も開いたことがない。食事はすべて、直接、室内へ送られるんだ。カメラ？　そんなもの、最初にスイッチを入れたときから真っ暗さ。他の部屋と同じだ。だけど、自分にはわかっている。あいつは、絵を描いてるんだ。画家はそれしかできない。だけど、どうやって絵具を手に入れた。キャンバスは何処にあった？　いや、問題はこれだ――サガンはどんな絵を描いている？」

口から泡をとばしているうちに、男の肌は色褪《いろあ》せ、皺《しわ》が刻《きざ》まれ、眼の下と顎《あご》の皮膚はだらしなく垂れ下がった。腰さえも急速に曲がりはじめたではないか。

「サガンよ、おれを描くな」

男は激しく眼の前で両手をふった。

〈メフィスト病院〉のスタッフにはあり得ない狂態であった。

せつらは棒立ちである。男の変化に驚いたとしか見えないが、何かを企んでいるだけかもしれない。

「サガンさん――聞いてます？」

いきなり、ドアに向かって呼びかけた。

「いえ、聞いてるのはわかってます。でなければ、この人を老《ふ》けさせせられるはずがない。怨《うら》みか気まぐれか知りませんが、とりあえず、やめませんか？」

内容はともかく、当人並みに茫洋たる口調であった。生死を懸《か》けた異常事態を収め得るとはとても思えない。

だが、言い終えるとほとんど同時に、男の狂態は止まった。声もなく彼は床の上に大の字になった。失神したのである。

「困ったな」

せつらは首を傾げた。ドアを開けられるのは、男しかいない。

「私に用かね？」

それは確かに男の――老人に近い年齢の声であった。

「はい。ピエール・ランジュとリラン・デュニスについて伺いたいことがあるのです」

「ほお――奴《そこ》ら、まだ生きておったか？　これはとどめを刺し損ねたな」

「あなたが？」

せつらは茫洋と訊いた。

「さて。だがドア越しに立ち話も何だな。入りたまえ」

「どうすれば？」

鍵ひとつで開くドアとは思えない。〈メフィスト病院〉の〈特別病棟〉なのだ。

「ドアの開け方を知らんのか？　ノブを廻せばよい」

「そんなもの――」

と言いかけた。せつらは眼を細めた。

確かになかった把手《ノブ》がついている。他のドアは平《へい》坦《たん》なままである。しかも、およそ不似合いな、古臭いオフィスにしかなさそうな丸ノブだ。

「そいつは放っておけ。救《たす》けは来ないが、君が戻るときに連れていけばいい」

「わかりました」

あっさりと答えて、せつらは丸ノブを握った。真《しん》鍮《ちゅう》製の本物だ。ドアを開けたとき、せつらは背後の男のことなど忘却し切っていた。

「？」

室内は古代寺院の内陣《ないじん》を思わせるものであった。石の床石の壁石の天井——空気さえ押し縮める巨大な質量に威圧された空間を、高窓から差しこむ光が、ぼんやりと照らしている。

その奥に石のテーブルと椅子《いす》が二つ——片方に中肉中背の男がかけていた。

白髪混じりの頭の下の顔は、生半可《なまはんか》な人生とは縁遠い厳しさを湛《たた》えてせつらを見つめていた。

「来たな、恐ろしい男よ」

ごつごつした声は、しかし、笑いを含んでいた。

「僕が？」

きょとんとした風なせつらに、老人は笑いかけた。

彼は立ち上がり、テーブルの上に置いたケント紙を取り上げた。そこには顔のない黒ずくめの上半身が描かれていた。

かなり荒っぽい素描《デッサン》だが、ひと目でせつらとわかる美しさは、本物を見るように生き生きと弾んでいた。

「君が来たとき、私は猛烈な創作意欲に捉《とら》われた。このふざけた場所に幽閉されてから、はじめてのことだ。介護士をあんな目に遭わせたのは、素描の時間を稼《かせ》ぐためだよ。胸が熱くなるような筆さばきだった。君にもわかるだろう。だが、それには顔がない。顔だけはどうしても描けんのだ。理由は、君にしかわかるまい。信じられんかも知れないが、私は発狂寸前だった。この私に描けぬ素材《モデル》がいるはずがない。だが、いま君を見て納得がいった。同時に幽閉の身に、ようやく希望の光が点ったのだ。君の望みは叶えてやろう。その代わり、君にも私の願いをきいてもらいたい」

「——何です？」

せつらは少しも怪しむ風がない。

「私のモデルになってもらいたい」

「いいですよ」

あまりにあっさりとした返事に、画家は絶句した。

2

「本気かね？」

「そっちは本気じゃない？」

立ち尽くすのは画家——サガンのほうであった。

しかし、それも束《つか》の間、彼はにんまりと唇を歪めた。こらえてもこらえ切れない笑みは、心臓が止まるほど邪悪だった——ただし、せつら以外の。

「本気になりました？」

のほほんと尋ねる声に変化はない。

「——承知した。では、約束どおり、私も協力を惜《お》しまん。ピエール・ランジュ、リラン・デュニス——画商と画家か。正直に告白するが、少々厄介《やっかい》な連中だった」

「へえ」

とせつらは洩らした。この画家が弱音のようなものを吐くとは思わなかったのである。

「かと言って怖《おそ》れるほどの相手ではないぞ。何をしでかした？」

「魂の封じこめ」

サガンはのけぞるようにして笑った。

「はは、あいつらの考えそうなことだ、アハハハハ。成り上がりはこれだから困る」

「——何が？」

「絵に魂を封じこめるなど、少し画術と魔法を学んだ者なら、誰でも簡単にやってのける」

「へえ——その魂の行方《ゆくえ》が知りたい」

「それは難しいな」

サガンは首を捻《ひね》った。

「吸い取った術者のほうを見つけるに限るが、あいつらならうまく身を隠すだろう。例えば——」

「例えば？」

せつらは身を乗り出した。

わざとらしいと一発でわかる。わかってもどうにもならない。それが秋せつらだ。

「自ら絵の中に逃げこむ」

とサガンは言った。頰が赤らんでいる。

秋せつらの美貌の魔法——この恐るべき絵師も例外ではなかったのだ。

せつらは天井を見上げた。

「こんな部屋を描いて？」

「ほお、よくわかったな」

「こんな病室あるわけない。そして患者は画家」

「ふむ」

サガンは机の上のコップを取り上げた。半透明の液体が縁《ふち》まで入っている。

彼はそれを石のテーブルにかけた。

すると石の堅牢《けんろう》さは油絵具と化して溶けはじめた。その下から現われたのは、小さなスチール製のテーブルであった。

溶けたのはテーブルだけではなかった。

みるみる床が溶け、それが壁との接触部に及ぶと、壁も溶けはじめた。

平凡な合成樹脂の床の上に足を乗せ、せつらは白い壁を眺めていた。

古代寺院は絵に描かれた幻だったのだ。広大な内部は、遠近法の悪戯《いたずら》によるものだろう。

「それは？」

せつらは魔法のカップに顎をしゃくった。

「テレビン油だ。私が手を加えた特製でな。従来の品の一〇万倍もの溶油度を誇る」

「で、彼らを捜す方法は？」

サガンは嫌そうな表情になった。せつらが少しも驚かないのが不満なのだ。

「それには、私が外へ出なくてはならない。出したまえ」

せつらはうなずいた。サガンの眼に驚きの光が宿る。

「安請合《やすうけあ》いは、身を滅ぼすぞ。私の絵でも、ドクター・メフィストは騙《だま》されんぞ」

「メフィストは関係ないね」

せつらは、ドアの方を向いた。絵具でできたノブはとうに消え失《う》せている。

「必要なのは、彼だ」

ドアを開けると、せつらはまだ床の上で呻いている介護士に眼をやった。


〈特別病棟〉の内部は、意外なほど監視の眼がゆるい。患者などが、わずかな電磁波や音波、気配にも、病的を通り越した狂的な反応を示すからだといわれるが、定かではない。この病院なら、その全てを病室から遮断するようにできるはずだが、そうはならなかった。

日に三度――足音と気配が長い廊下をやってくる。見廻りと回診だ。当然、病室では怪しくも危険な患者たちが手ぐすねひいて待ち受ける。それでも、〈特別病棟〉が無事故で済んでいるのは、回診の主がドクター・メフィストであり、見廻りが足音も気配も蚤《のみ》ほどに抑えているからだという。

そこまでしなくても、というのは〈区外〉の考え方だ。〈特別病棟〉の患者ひとりに逃亡を許せば、待っているのは世界の破滅だといわれる。それを疑う者は〈メフィスト病院〉にはいない。

せつらが入ってきっかり三〇分後、一回目の見廻りがやって来た。五〇名の完全武装した男たちとアンドロイドガードたちは、戻って来ない美しい若者の捜索と確認、その結果の救出と遺体引き取りが任務であった。

五分とたたぬうちに、彼らは廊下に倒れた介護士を発見し、三名が病棟外へと運び出した。

死を覚悟の上で、見廻り隊は、サガンの病室のドアを開けた。

中にはせつらと、ガウン姿の男が横たわっていた。

ガウン姿の男が、先刻救出した介護士だと知ったとき、彼らは〈新宿〉と――〈世界〉の死を確信したのであった。

最初に救出した介護士の姿は、運びこまれた治療室から忽然《こつぜん》と消えていた。

せつらは、〈メフィスト病院〉から真っすぐ、〈歌舞伎町《かぶきちょう》〉にあるカラオケ店へ入った。

カードに指示された部屋へは入らず、下の階の二一五号室のドアを叩いた。

「よお」

と片手を上げたのは、例の介護士であった。

「返すよ」

テーブルへ置いたのは、せつらから渡された予備の携帯、数枚の札であった。

せつらはドアを閉めて、介護士の顔を見つめた。

「まだ取ってなかったな」

介護士はポケットから瓶《びん》を取り出し、中身を手の平に出して、顔を拭った。

たちまちサガンが現われた。

「絵描きかと思ったら、メイクもやるんだ」

相変わらず感心しているのか、いないのか不明なせつらの声であった。

「描くのは同じだ」

サガンは何処かで買ったらしい綿で残りを拭いながら言った。

「それ、本当に絵具？」

「そうだ」

廊下の介護士を病室へ運び、その顔を自分の顔にペイントする。机の上にあった絵具を使うだけでも、まともじゃないのに、描き終わった顔は正しくモデルと瓜《うり》二つ。しかも、姿形まで同じに思えたときは、さすがのせつらも眼を少し丸くした。無論、錯覚だ。だが、廊下へ出したサガンを、見廻りのスタッフは疑いもせずに運び去った。

何があったのかという保安部長の問いに、せつらは、病室へ入ってすぐ気が遠くなったと言って通した。

「いや、テレビン油の匂いがした」

と、細かい部分も忘れなかった。

「あの二人の居所だが」

とサガンは、サングラスをかけたせつらの顔を、うっとりと見つめながら言った。

「リランは君の顔を見たのか？」

「わからない」

「その露店の何処かに、テントか小屋はなかったか？」

「テントあり」

「なら、奴は君を見た。奴が画家なら、私と同じ感慨と野望を抱くだろう」

せつらの頭上に？マークが点った。

「確か、〈新宿TV〉には、『区民の宣伝』があったな。あそこにデータを出したまえ。写真と、こう書くんだ。〝絵のモデルになります〟とね。日程と謝礼は好きにしたまえ。リランは必ず応募してくる」

「――『宣伝』を見なかったら？」

「あそこには、モデル志望の宣伝もしょっ中出る。奴は必ず見ている」

「〈メフィスト病院〉の院長は、僕があなたを逃がしたと絶対に疑ってる。来たら厄介だ」

「そこは、私にひと工夫ある」

彼はソファに置いたショルダー・バッグから、スケッチ・ブックと2Bの鉛筆を取り出した。

「その工夫をする前に、ひとつ私のほうの約束も果たしてもらおう。そこにかけたまえ」

数分後、別の部屋へ飲みものを運んで来た店員は、二一五号室からの凄《すさ》まじい怒号に凍りついた。

「何故だ、この私に――狂絵師サガンに、何故人の顔が描けない？」

その少し前、サングラスをかけた若者が店を出ていったことを、彼は知らぬ。

サングラスをつけたせつらの顔とモデルになりますの広告が、『区民の宣伝』コーナーに流れたのはその日の夜――午後一〇時の枠であった。

「インターネットと電話とファックスが火を噴きそうです」

担当者の悲鳴に、番組のディレクターは仰天した。

似たような事態は何度もあった。しかし、放映も済まないうちからこのようなことが起きるとは、正しく前代未聞の事態であった。

「えらい騒ぎだったらしいな」

翌日の昼すぎにやって来たせつらへ、サガンは笑いかけた。

〈早稲田《わせだ》〉にある観光客の短期滞在アパートの一室である。〈安全地帯〉を廻るだけでも一週間はかかる観光客のため、あちこちに同様のアパートやマンションが建てられたのは、なんと〈魔震〉後半年としないうちである。最大ひと月の契約だから、保証金と礼金、ひと月分の家賃を支払えば、借り主の素性になど頓着《とんちやく》しない。サガンも観光客として入った。あくまでも仮の宿である。その間に、危ない筋の不動産屋が安全な隠れ家を調達する手筈《てはず》だ。画材はひと通り運んである。

「噂《うわさ》は聞いた。TV局の通信施設は全てダメになって、復旧には丸二日かかるとね。〈新宿TV〉存亡の危機だ」

「画家だけなら良かったんだけどなあ」

とせつらは大きく伸びをした。

「他にも来たか？」

サガンの笑みは濃くなった。

「TV局からの連絡によると、画家名義は一万二八六五件、残りはモデル事務所、写真家《カメラマン》、劇団、映画プロダクションその他」

他に個人名での申し込みも腐《くさ》るほどあったが、それはOKしなかった。

「あいつらのはどうだ?」

「あったよ」

とせつらは、素気《そっけ》なく言った。

「そいつは良かった。さっさと仕事を済ませて来たまえ」

「顔色が良くない」

とせつらは指をさした。

「昨日より痩《や》せて、イラついてる」

「たまには、な。いつ君への想い人たちと会う?」

「今日の午後一時――〈絵画館《かいがかん》〉前の広場」

サガンの笑みは苦笑に化けた。

「あそこなら――しかし、三万人は……まあ、あれでもこの世界では五指に数えられる魔絵描きだ。油断するなよ」

「はあ」

とせつらはうなずき、

「画家相手ははじめてでね。どの辺に用心したらいいのかな?」

3

サガンは咥《くわ》えていた煙草《たばこ》を灰皿で消し、

「あいつらの目的は、多分、モデルの魂をキャンバスに閉じこめ、物好きな金持ちどもか――魔物に売りさばくことだ。これは、モデルが美しければ美しいほど値が吊《つ》り上げられる」

「どうして?」

「封じこめられた魂は、視覚的にモデルの顔形を再現するからだ。というより、そう見える。君の場合なら、あのメフィストの一〇倍の値段がつくだろう」

医師の名を口にしたとき、厳しい芸術家の顔が憎悪に歪んだ。〈特別病棟〉に入れられたことによくよく怨み骨髄《こつずい》らしい。

「一〇倍って?」

こと自分の価値になると、この茫洋が売りの若者も、やはり人間臭い興味が湧くらしい。

「ふむ」

サガンは腕を組んだ。

白いシャツを肘《ひじ》までめくり、眉間《みけん》に皺を寄せる姿は、芸術家そのものだ。

くしゃくしゃの紙箱から一本取り出し、自前らしい金色のオイル・ライターで火を点ける。火花が飛んだ。石のような顔が一瞬、光に彩られた。

紫煙を吐き出し、

「——いや、値段はつけられん」

と言った。

「ふふ」

ん？　とサガンはふり返って、

「やはり、嬉しいものかね？」

と訊いた。

「いえ、別に」

せつらは背すじをのばした。

「隠すな、モデルというのは、画家以上に、プライドの化物だ。自分の美しさを自覚しない者が、一流のモデルになれるはずがない。もとはみな、路傍の石塊《いしくれ》なのだ。だが、自分が宝石かも知れないと気づいた石だけが、自らを磨き上げ——というのは嘘だ」

せつらは眼をしばたたいた。一杯食わされた、と思ったのかも知れない。

「美しいものは、生まれたときから美しい。そして、自覚ひとつでさらに美しくなれる。自身は何もせずにいても、周囲が磨き上げずにはいられないからだ。それが美しさというものだ。美しいものは、この世に誕生する前から、神の祝福を受けているのだよ」

狂絵師と呼ばれる男の言葉は、低いが圧倒的な重みを湛えていた。

まさか、異議を唱《とな》える者がいようとは。それも
——

「本当《ほんと》に？」

せつらであった。

サガンは煙草を口から離し、窓の外を眺めた。それから、覚悟でも決めたように、

「嘘だ」

と言った。

「だが、どうしてそう思う?」

「人間《ひと》を祝うのは、神さまだけじゃないからさ」

「さすが〈魔界都市〉の住人だ」

サガンは微笑を浮かべた。

「さて、それを認めるとして、君はどちら、どちらの祝福を受けている?」

「はてな」

「どちらのを受けたいかね?」

「どちらでも」

いきなり、画家は笑い出した。それはしばらく止まらなかった。

「これは——いい。さすがは〈新宿区民〉。白も黒も同じ色か」

もう一度笑って、収まったとき、

「で——注意点を詳しく」

とせつらは申しこんだ。

「——そうだったな。君はいま話した魂の点では、心配しなくてもいい。リランの技倆《うで》では無理だ。なぜなら、この私でも無理だったのだからな」

「裏切り者め」

「落ち着きたまえ」

とサガンは片手を上げて制した。背すじに冷たいものが走ったのである。

「私は君を絵画中に再現したいという画家の要求に従ったまでだ。だが、奴らはそれをビジネスにした屑《くず》だ。君を描破《びょうは》したいという願いは、私以上に強烈だろう」

「でも、できない?」

「そうだ。そこで考えられるのは——より優れた絵描きを捜すこと——ん?」

せつらは無言でサガンを指さした。眼が細い。

「私には無理だと言ったはずだ。従って、世界中捜
しても無駄な努力ということだ」
この画家も凄まじい自負で出来ているのだった。
せつらも納得した。
「従って、彼らに遺された手はひとつしかない。自
らの技倆を上げるのだ。しかし、これも一朝一夕《いっちょういっせき》
には成るまい」
もっともだ、とせつらは思った。
「なら、安心だ」
と言った。
返事はない。
画家はせつらに背を向け、窓外の景色を見つめて
いた。
恐らく、絵画というものがこの世に生まれてか
ら、数え切れない芸術家と自称芸術家とが、同じポ
ーズで巨大な、或いは取るに足らない問題を悩んだ
ことだろう。そして、解答が得られたとは限るま
い。

「大丈夫だ」

やがて、サガンはうなずいた。

「あと考えられるのは、描けるレベルまで君の美し
さを落として仕上げるしかない。そのために、君を
誘拐するという強硬手段に出る場合もあり得る。気
をつけるならそこだ」

「わかった」

と答えて、せつらはこうつけ加えた。

「いま見て来る。〈メフィスト病院〉からも捜索隊
が出てる。僕もしばらくは身を隠しながら動く」

「しっかりやりたまえ」

「どーも」

「ところで、君との関係はどうなるかね？」

「あなたの気が済むまで」

無駄だったとも、もう終わったとも言わない。こ
の辺は妙に義理堅い男だ。

「助かるよ」

とサガンは言った。

「だが、君はモデル向きじゃないな」

「どーも」

せつらはコートの内側から分厚い封筒を抜いて、テーブルに置いた。

「お互いの用が済むまで、これで」

「ありがたい。芸術家でも霞《かすみ》を食って生きるわけにはいかんのでな。感謝するよ」

「――じゃあ」

せつらは片手を上げた。これを届けるのが目的だったらしい。

「気をつけたまえ」

「どーも」

春風に乗ったように、せつらは出て行った。

サガンはすぐ、スケッチ・ブックを取り出し、2Bを走らせはじめた。

一〇秒とかけずにやめた。

2Bが上がった。

アウトラインだけの顔形の真ん中に――狙いは正確だった。

「秋せつら」

つぶやきには理不尽としか思えぬ憎悪がこもっていた。

そして画家は立ち上がり、札入りの封筒を残したまま、部屋の外へと出て行った。

正午一四分過ぎ。

一時ジャストに、せつらは〈絵画館〉前に到着した。

「うお」

と呻いた。

重箱の中の黒く染めた白米みたいに、群衆が埋め尽くしている。

殺人犯なら、このど真ん中へジェット機でも墜落させるか、核ミサイルを射ちこみたいと思うだろう。

――どうしたものか？

それ以上考える暇はなかった。

すでにぎらつく眼で四方を見廻していた男女の何人かが、たちまち彼を見つけ、来たぞ、と指をさしたのだ。

凄まじいどよめきは彼らの声か、踏みならす地面の絶叫か。

「よせ」

と両手を上げたのも、好もしい仕草と映ったか、人々は足を止めるどころか、何とも淫らな笑みに顔中を歪めて、津波のように押し寄せて来た。

「ま、待て」

せつらの叫びは人波に呑みこまれた。何をするより殺害するため、としか思えぬ人々の狂態の中から、でっぷり太った影が分離すると、少し離れたところにある民営の駐車場へと移動しはじめた。杖をついている。

駐車場に止めた車の中に、ひときわ目立つ軽トラックが止まっている。

ありとあらゆる色彩を駆使した、嵐のような車体の文字は、
魔絵画リラン
とあった。

運転席に乗ると、男――ピエール・ランジュは、荷台の方に声をかけた。

「偽者だった」

声には怒りがこもっていた。

「他の奴らには同じに見えるだろうが、おれの眼はごまかせん。本物と隔《へだ》たること月ほどの距離がある」

「そして、おまえだけが抜けた」

荷台から陰々たる声が聞こえた。リラン・デュニスといったか。

「奴の目的はこれだ。ピエール、周りを見ろ」

「ああ」

と画商は低く応じた。

「もう見たよ。いま、トラックの前に立っている。

サングラス付きだが、間違いない」

「秋せつら」

と画家の声は、呪文《じゅもん》のように唱えた。

「とうとう会えた。我が理想のモデルにな。ピエール、何としても」

「ああ、わかってるとも。だが、〈花園神社〉での奴の応答からして、自らやって来るとは思えんのだ。奴め、何を企んでいる？」

「何でもいい。飛んで火に入る夏の虫——とこの国の諺《ことわざ》にあった。いざとなったら、おまえの生命をくれてやっても彼を僕の前に立たせろ」

一瞬、凄惨《せいさん》ともいうべき翳《かげ》がピエールの脂肪《あぶら》ぎった顔に広がった。

「まかせておけ。では、交渉して来よう」

太った画商は窮屈そうに身じろぎし、ドアに手をかけた。

のっしのっしとやって来た男の前で、

「どーも」

とせつらは挨拶《あいさつ》らしきものをした。

「これはこれは。君のほうから来てくれるとは光栄のいたりだ。どうした風の吹き廻しかね？」

「偏西風《へんせいふう》」

訳のわからない答えをして、せつらは、わずかに顔を横へ向けた。

〈絵画館〉の方から怒号に混じって——狂声が聞こえたのだ。

「とうとう、君のそっくりさんを巡って殺し合いが始まったか。ま、美しいものにのみ許される現象だ。わし個人の意見では、あそこの全員が死に絶えてもよいと思う」

「はは」

「あの偽者はバイトかね？」

せつらはうなずいた。ここへ来る途中で拾い上げたホームレスに、昨日、サガンに製作させたせつらのメイク・パーツを貼りつけたものだ。バイト代は支払い済みだし後の運命はせつらの知ったことではなかった。

「あの絵に封じこめられた魂を捜している人たちがいます」

　とせつらは話しかけた。

「戻してやってくれませんか？」

「ふむ、あいつらの抜け殻が来たかね。そんな意欲があるとは驚きだ。少し考えを変えなくてはなるまいな。だが、君は人捜し屋と聞いた。そこまでやるのかね？」

「場合によっては、サービスで」

「ふむ」

　ピエールが、にっと笑った。分厚い唇の間から、信じられないものがのぞいた。黄金の――牙《きば》であった。

　肉食獣も震え上がりそうな凄まじい牙の列を、この画商は備えているのだった。

第三章　美神幻数

1

だが、彼は素早く口を閉ざして、牙に別れを告げた。

「ひとつ断わっておくが、彼らにはモデルとしての正当な謝礼を渡してある。魂が吸い取られたのは、画家の手腕による必然だ。邪《よこしま》な意図《いと》に基《もと》づくものではない」

「それは聞いた」

せつらは、のんびりと答えた。昨夜、彼を訪れた魂の抜け殻たちは、そう告白したのだ。

「なら、返せ返さぬの議論は成立せんよ。魂はことごとく絵に封じこめられてしまった。そこから救い出す術《すべ》を、私も画家も知らん」

「絵はどうするの？」

「当然、売却する。モデルになった者たちは、購買意欲に欠けるものでな」

魂を抜かれた人間は、魂を買い取る意欲も失ってしまうのだ。この画商は魂のこもった絵をそうやって好事家《こうずか》に法外な値で売りつけ、私腹を肥《こ》やしてきたのだろう。人は〝入魂〟の傑作と誉《ほ》めそやし、〝魂入れず〟の愚作とこき下ろす。この場合の〝入魂〟は無論、画家の魂の意味だ。

だが、唯一《ゆいいつ》、絵の生気、かがやきがそれを凌《しの》ぐ例がある。すなわち、モデルの魂がこもったとき。

文豪ゲーテが晩年、ある画家に請《こ》われてモデルの席についた。画家の絵は彼の魂さえ写し取ったかのような仕上がりを見せた。その素晴らしさに声を失ったゲーテが、まるで抜け殻のようになって死の床についたのは、その翌日であり、意識を失ったのは二日後であった。この肖像画は、バイエルンのさる大商人が引き取ったが、すぐに手放し、今は行方《ゆくえ》知れずである。ゲーテの場合の死は、当人の年齢的衰弱によるものだったが、魂を奪《うば》われた人間たちはそれもならず、虚《むな》しい抜け殻と化して、魂の返還を求めている。

それだけに、かくのごとき絵の値段は一号で一〇億円を超すのが相場と言われる。ピエール・ランジュとリラン・デュニスは、大道で絵を売って糊口《ここう》を凌《しの》ぐ必要など本来ないはずであった。

「こういう絵の売買は極秘になされる。西欧では今なお、危険な、呪われた伝説が生きているからね。だから、買い主は身内にも知らせず、ひとり観賞にふけり、その死に際しては、作品全てを火に投じる場合が圧倒的だ」

「それじゃあ、最後は灰と塵《ちり》」

淡々たるせつらの口調に、画商は楽しそうにうなずいた。ねじけた精神《こころ》の表現ではない。この若者を呆気《あっけ》に取らせるのが、楽しくて仕様がないのだ。

「それで、どうすれば解放してくれるの?」

ぴしりとせつらは王手《チェック》をかけた。

「魂のことか? それは教えられんなあ」

「どうして?」

「絵をかがやかせているのは、魂だ。それの脱《ぬ》けた絵は、絵具の配色図にすぎんよ。たちまちわしとリランは世界中の取り引き相手から糾弾《きゅうだん》され、この世界では生きていけなくなってしまうだろう」

「それで丸く収まればいいんじゃないの」

正直なせつらのひとことで、

「何を吐《ぬ》かす」

友好的な雰囲気は消滅した。ピエールは憤怒《ふんぬ》の形相《ぎょうそう》を隠さず、

「その言い草はなんだ? 貴様《きさま》は確かに美しいが、芸術への理解などかけらもない俗物だ。芸術家を何だと思っている?」

「芸術家」

せつらは極めて正しい回答をし、それから、

「おまえは商人」

と言った。これも正しい。正しいが、ピエールの顔は怒りに赤黒く変わった。

「貴様……今の言葉を忘れるな」

どんなに剛胆な相手でも沈黙しそうな恫喝《どうかつ》用の低声《こごえ》であった。

せつらに対する効果は、彼の予想を大分裏切っていた。美しい若者は言った。

「商人」

ピエールの体内には、常人にはない器官がひとつだけ存在した。隠秘学《いんぴがく》に云《い》う〝X《エックス》分泌嚢《のう》〟である。この場合のXは卍と同じ、〝得体の知れぬ〟乃至《ないし》〝底知れぬ〟という意味を持つ。画商の父と祖父と曽祖父《そうそふ》と——アフリカの谷間で生まれたある猿人から伝えられたDNAは、その嚢から一〇〇万分の一ミリグラムほどの変身ホルモンを分泌した。

太陽《ひ》が翳《かげ》った。せつらは西の空へ眼をやった。太陽の代わりが充分に務まりそうな美貌である。

画商は商売に似合《にあ》わぬ風体《ふうてい》に変わりつつあった。

両肩が巨大な瘤《こぶ》状に盛り上がり、首から下が黒く煙《けぶ》る。おびただしい体毛が体表を駆け巡っているのだ。それは針金のように硬く、ねじ曲がっていた。

「ピエール！」

鋭い声が空中を走った。

せつらの眼がやや細まる。

彼にしてみれば、それまで見て来た映画が突如、フィルムの逆転映写を敢行したとしか思えなかったに違いない。

体毛は全て同じコースを逆に辿《たど》って吸収され、瘤は縮小し、あっという間に、太った画商がそこに立っていたのである。

最後に残った爛々《らんらん》とかがやく赤光《しゃっこう》の瞳が声の方へと向いた。

「リラン・デュニス——史上最も栄光に満ちた画家よ」

画商の声は、軽トラックの荷台に吸いこまれた。

「話は聞いた」

声は荷台の奥から漂《ただよ》って来た。疲れ切った、というより病人の——というより臨終の床から洩《も》れる低声だ。

「初対面ではないが」

と言ってから声は沈黙し、それから呻《うめ》くように、

「――しかし、何という――何という美しさだ。私は神の作りたもうたものたちの中で、人間ほど美しく醜《みにく》い存在はないと思っているが、ようやく、ここで美しいだけの人間を見ることが出来た。感謝するぞ――〈魔界都市〝新宿〟〉よ」

「遺言《ゆいごん》？」

せつらは容赦《ようしゃ》がない。

リラン・デュニス――栄光に包まれたという画家の声は、低く笑った。

「人間《ひと》の言葉はみなこうだ。死を避けられないものと考えれば我々は生まれたときから遺言を口にしていることになる」

「芸術家だ」

とせつら。本気かどうかは別である。茫《ぼう》たる表情は、この場合、どちらとも取れる。

「ありがとう」

こう返したところを見ると、芸術家は善人かも知れない。

「誰に讃《たた》えられるよりも胸が騒ぐ。おお、考えてみれば君が二人目だ」

「それは残念」

ちっとも残念ではなさそうに言って、

「ピエール氏との話を聞いていたなら、僕の目的はわかったろ。魂を返してくれないか？」

「魂捜しまでやるのかな？」

「依頼人が多いのでね。サービス」

「残念だが、望みは叶《かな》えられないな」

声は冷ややかに言った。

「どして？」

「モデルの魂は、僕が意図的に絵に封入したのではないからだ。それは才能――とも異なる、やはり魂の仕業《しわざ》だろう。僕はそれくらいのつもりで筆をふるっている」

「でも、魂入りの絵を売りとばしてるけど」

「それは、ピエールに言ってくれ。芸術的には唾棄《だき》すべき男だが、生活者としては有能極《きわ》まりない」

「商人」

「そのとおりだ」

声は愉《たの》し気《げ》に笑い、ピエールの額《ひたい》には青すじが立った。

「きれいに立ったな——さすが芸術家の画商だ」

「本当か？　美しいか？」

「ああ。綺麗《きれい》だよ、ピエール・ランジュ。僕の最高の画商」

みるみる恍惚《こうこつ》となる肥満の中年男を、せつらは黙然と見つめていた。

「やだ、何よ、あれ」

「ホモじゃねえの」

通行人の嘲笑《ちょうしょう》であった。途端《とたん》にピエールは我に返り、

「わしがホモだと？　そのとおりだ。この世界で硝子《ガラス》のごとき芸術を理解し得る日暮れの木漏《こも》れ日のごとき繊細《せんさい》さは、男同士だけの特権だ。貴様らごとき、アスファルトの道をボロ靴で行き来する俗物どもに、このわしピエール・ランジュとリラン・デュニスの関係が理解できるものか」

通行人は十六、七のヤンキー娘たちと、六〇代と思《おぼ》しい和服姿の男であった。散歩にでも来たらしい。

顔中を口にして喚《わめ》いた。娘たちは顔を見合わせ、侮蔑《ぶべつ》の顔つきを一層深くして歩き出したが、和服姿の男は、眼付きを険《けわ》しく変えてこちらへ向かって来た。さっきとは別人のような凄惨《せいさん》な雰囲気がその身を包んでいた。

「ピエールとか言ったが、あんたフランス人か？　ヤケにこの国の言葉が達者だな」

「何度も来てるからな」

画商は落ち着いている。あの牙が支える自信だろう。

「そうかい。だが、俗物呼ばわりは勘弁できねえ。

それだけこの国に詳しけりゃ、そのひとことが死を招くって標語は知ってるよな?」

「それは確か――交通標語だ。いや、違う。それは言いがかりだ」

「そうかい。このおれに投げかけたひとこと――どう始末をつける気だい?」

「来たか」

ピエールは、せつらと軽トラの方を見たが、片やそっぽを向き、片や無視と知ると、あわてた風もなくたかり男に向き直った。

空気に緊張が満ちる。

男は軽トラを指さして、

「あんた絵を売ってるのか? ならその車の中に積んであるのをみいんなよこしな。それで手を打とう」

「無茶を言うな」

ピエールは怒った。それは当然だ。男は彼を無視して軽トラに向かった。

「うちの組へ来てそう言いな」

彼はトラックの荷台に手をかけた。

「よせ!」

ピエールが駆け寄ったとき、

「おーい、久保山《くぼやま》」

〈絵画館《かいがかん》〉の方から、懐《なつ》かしそうな声が聞こえたのである。

組と口にした男の雰囲気がまた変わった。振り向いた顔は温厚そのものであった。

声の主は銀髪とオレンジ色の上衣が眼を引く小柄な男であった。偶然見つけたのではなく、約束していたらしい。年頃は同じ――同窓生かも知れない。

「何してんだ、おまえ。地《じ》を出すなよ、地を」

派手な上衣の男は駆け寄って、和服姿――久保山の肩を叩《たた》いた。

「田所《たどころ》――違うんだ。こいつが人のことを」

真っ当な人間と化して弁解にとりかかった久保山へ、

「いいから来いよ。おれもみんな見てたし聞いてもいたが、我慢できねえこっちゃねえだろ。もうお互いいい年齢《とし》だ。ここはおれに合わせせろよ。ほら、空も青いじゃねえか。喧嘩《けんか》にゃ向かねえよ」

温厚に見せかけた友人より、ずっと温厚そうな――田所は、不平満々な久保山に、な？　な？　と繰り返してから、ピエールの方を見て、

「ま、外国のお兄さん、悪く思わんでくれ。あんたも、他所《よそ》の国来て、誤解されるようなひとことは口にせんことだ」

「わかりました」

丸く収まるほうを選んだらしく、ピエールも白い歯を見せた。その顔が呆然《ぼうぜん》と――天使でも見るように変わった。

「はン？」

とそっちをふり向いて、田所は手の甲《こう》で両眼をこすった。

「そこのサングラスの兄さんも、とんでもない美男子だが、もうひとり凄《すご》いのが来たか。あれがドクター・メフィストだな」

彼はかたわらに立つせつらの肩を叩いて、

「いやあ、今日は〈新宿〉の二大イケメンと会えたぜ。これで安心して死ねら。さ、行こ行こ」

と久保山の腕を引き、強引に歩き出した。

「――何《なん》か、うまくいった？」

「ああ」

とピエールがうなずいた。

二人の前で、白い影がその視線を浴びた。白は月光の下でかがやく色だ。だから、その影にふり注ぐ昼の光は、そこだけ聖夜のものの静けさを湛《たた》えていた。

「サガンは何処《どこ》にいる？」

とドクター・メフィストは訊《き》いた。いつもとは異なる声であった。声紋分析官がいたら、殺意を含んでいると分析したであろう。

「えらいのが来たな」

「知ーらない」

とせつらは答えた。

周りにざわめきが生じた。

その瞬間、陽光の照射量はそのまま、世界が翳ったように、全〈区民〉が感じたのであった。

2

「それでは済まんのだ」

メフィストはせつらの前に立った。二人の老人のみか、ピエールまで恍惚たる表情をこしらえた。

それどころではない。一触即発の状態なのだ。魔人同士の戦いが、いま勃発《ぼっぱつ》すれば、当事者はおろか周辺近隣の家々人々に何が起きるか想像もつかない。それは嘘《うそ》いつわりのない、凄惨な死亡破壊であろう。世界の翳りはその予感だ。

だが、魔人たちの何と美しいことか。彼らの関係を決定するのは親愛でも敵愾《てきがい》でも協調でもなかった。これであった。

見守る者たちは、死すら忘却した。

「あの狂《くるい》絵師は、筆と絵具でもって〈新宿〉も描《か》き変え得る。それが済んだら世界も変えてしまうだろう。世界は良しとして〈新宿〉への脅威は防がねばならん。それも今すぐに、だ」

せつらはそっぽを向いた。

「しゃべる気はないのかね？」

「ない」

「では、一緒に来てもらおう」

「何処へ？」

「病院に決まっている」

「定期検診ならこの間——」

「その結果が出た。大いに問題がある」

せつらの眉が寄った。

「嘘だろ」

「そう思うかね？」

「いや。何処が悪い？」

「肝機能障害と甲状腺の異常だ。ワカメの食べ過ぎだな」

「しまった」

「やっぱり、か。正直、一刻を争う重症だ。今すぐ一緒に来たまえ」

「いや、彼らと――」

ピエールと軽トラの方をふり返った美身が、かすかに痙攣《けいれん》した。

「こっちだ」

せつらの首すじから左手を外し、左の手首を握りこんだ右手を外して、白い医師はやって来た方向へ顎《あご》をしゃくった。

せつらは黙って歩き出した。

これまでの流れとは、あまりにもかけ離れた行動に、ピエールも画家の声も沈黙したきりだ。

二人がメフィストの来た方角へ、歩き去ると、

「美しいものたちは去った。その宿命に従って」

とピエールがつぶやいた。二人の老人もヤンキー娘たちも呆けたような表情で歩き出した。足下は覚《おぼ》束《つか》ない。見てしまったからだ。

「しかし、〈魔界医師〉に強制連行された者は、二度と娑婆《しゃば》へは出て来れんという話だ。彼との取り引きもこれまでだな」

「ピエール」

姿なき画家の声が彼をすくませた。せつらとの取り引きの停止は、リランのモデル喪失《そうしつ》を意味したからだ。その責は画商が負わねばならない。トラックの方へは向けなかった。

「――あの二人と話をつけろ」

「え?」

目と耳に意識を集中させたときはもう、トラックの荷台の前にいた。

「秋せつらひとりでもいいと思っていたが、神は許さなかった。いま啓示があったよ。黒く暗い虚空《こくう》を走る稲妻《いなずま》の形でな。ピエール、神は私にあの二人をキャンバスに再現せよと命じたのだ」

別人のごとき昂揚《こうよう》に真紅に染められたかのような声であった。

「——しかし」

「二人の姿を再現するのではないぞ。正しく彼らを再現するのだ」

「リラン——よせ」

ピエールは低く吠《ほ》えた。

画家の声も低く沈んだ。

「——何故《なぜ》だ？」

「今までの魂《えま》封じは、おまえの意図に関わらぬ、技《ぎ》倆《りょう》による結果だ。だから変異は起こしても、さしたることはなかった。だが、意志を明確にすれば、それは魔性の法となる。ピエール、二度と神の御名《みな》を口にするな。そのとき何が起きるか、神はご存じだぞ。そして、このわしも」

声は嘲笑を放った。

「それがどうした。向こうにはサガンがついているんだぞ」

画商は凍《こお》りついた。心臓が動きを止めたように見えた。幸い、ややあって彼は言った。

「狂絵師サガン。忘れようとしていたらしいな。まさか、この街にいようとは——いいや、不思議はない。奴には〈魔界都市〉こそがふさわしい。いいや、〈魔界都市〉こそが奴に」

「あの医者の言葉は正しかった」

とリランの声は言った。

「サガンのほしいままにさせておけば、〈新宿〉のみならず、世界が滅び去る。彼は嬉々《きき》としてそれをやるだろう」

「どうやって？」

「言わずと知れたこと——あの二人をモデルにして、だ」

ピエールを沈黙が包んだ。

それから奇妙なことが起こった。

二人同時に同じ言葉を発したのだ。

「だが、何故サガンはメフィストの下《もと》を去った？」

美しさでは、せつらにひけを取らぬ白い医師の下を。

「ピエール、空を見ろ」

画商の眼は、束《つか》の間、蒼天《そうてん》を映した。

瞳が翳る。道路に落ちる影が巨大な影に溶《と》けた。

「雲が出た。ほお、光が見える。雷雲だ」

「絵を描き、絵を売って、僕たちは生きて来た。だが、片方はやめなくてはならないようだ」

「どちらを捨てる?」

「生きていくほうだ」

頭上で雲が唸《うな》った。

周囲で悲鳴が上がった。人々が逃げまどう。〈絵画館〉は別の世界に変わりつつあった。

「行くぞ、ピエール。モデルを捜しに」

運転席のドアが開き——閉じた。

風が吹いてきた。

「待っていろ、狂絵師サガンよ、〈魔界医師〉よ、そして、美しき魔人よ」


姿なき画家の叫びは、雷鳴の轟《とどろ》きとも聞こえた。〈信濃町《しなのまち》〉方面へと走り出した車の頭上で、光が黒雲を白く裂き、疾走するその姿は風に翻弄《ほんろう》されているかのように見えた。


「吐《は》きたまえ」

メフィストがこう詰め寄ったのは、病院内の診療室である。

せつらは、そっぽを向いた。ここへ来るまではメフィストの瞬間催眠法の虜《とりこ》となっていたものが、核心に触れると超自我が従属を妨害するらしい。

「何度も繰り返させるな。サガンの危険性は充分に説明した。彼は〈新宿〉のみならず世界に対する脅威なのだ」

「まだ用事が終わっていない」

ようやくせつらは、相手をする気になったらしい。

「大体のことはわかるが、正確なところを聞きたい。どんな用件だね？」

「企業秘密だ」

「いいかね」

メフィストはまだ穏便《おんびん》に済ますほうを選んでいる。

「実は僕は偽者なのだ」

せつらは急に真顔《まがお》になった。メフィストがうんざりしなかったのが不思議である。

「サガンに描いてもらった絵だ。いつでも絵具に戻れるぞ」

「あの公園で君に触れたときに、本物だとわかっている。いい加減にしたまえ」

「自分が万能だと思うなよ、メフィストフェレス。ファウストとグレートヒェンの魂も奪り損《とそこ》なったくせに」

「私はメフィストだ、フェレスが付くのは別人だよ。さ、これ以上、君にかかずらってる暇はない。どうしても白状しなければ、新たなレベルへ進まねばならんが」

「何それ？　自白剤《スコポラミン》？」

「君の意志に反する強制手段は使わん」

「それじゃ？」

「〈特別病棟〉に収容する」

「嫌だ」

「やむを得ん処置だ」

「意志に反したことはしない？」

「これまでの言動から、君は重度の精神障害を抱えていると認める」

「卑怯《ひきょう》だぞ」

せつらの差した指を、白い医師は平然と無視して、

「病棟の治療は矯正《きょうせい》処置だ。少々手厳しいぞ」

「二枚舌が過ぎる。僕の疾患はどうした？」

そう言ってせつらを連行して来たのだ。

「それも一緒に治そう。そちらの症状に関して治療代はまけておく」

「この藪医者《やぶいしゃ》」

「うるさい」

画家はふり向いて、ドアを怒鳴りつけた。

ノックは熄《や》まなかった。三分以上になるだろう。

「ほお、やっと応《こた》えてくれたか。しかし、三分間だぞ。手が痛くなった。二人して〈区〉の我慢強い勲章が貰《もら》えそうだ」

「そんなものがあるか！　誰だか知らんがとっとと出て行け。新聞など取る気はないし、押し売りもお断わりだ」

「その辺は話し合おう」

「おお、わかった。入れるものなら入って来い」

サガンはドアに喫《す》いかけの煙草《たばこ》を叩きつけた。火の粉がとんだのは、向かって右方のドアだった。左のドアは本物である。廊下の訪問者が叩いているのはそっちだ。が、ノックの音は右方のドアから聞こえる。訪問者がドアを開けても、絶対に入ってはこられない。つながっている右方のドアは絵具で描かれた絵だからだ。

ノックの音はしなかった。

サガンは窓際のキャンバスへ、眼を向けた。見つめられた部分から炎か血が噴《ふ》き出しそうな憎悪の眼であった。

キャンバスの中にいるのは秋せつらであった。

罵声《ばせい》を上げる寸前に筆を置いたのは、彼自身が満足ではなく絶望と諦観《ていかん》に彩《いろど》られたせいであった。

「なぜ描《か》けん!?」

サガンの右手はパレット・ナイフを摑《つか》んでいた。

彼はせつらの顔面を斬りつけた。

「この私――狂絵師サガンにも描けないものがあるのか？　いいや、無い！　あるはずがない。これは間違いだ。神の悪戯《いたずら》だ。だとしたら、呪ってやるぞ、天にまします神よ。貴様も描いて、ズタズタにしてくれる。それが嫌なら、醜悪な面で人々に祝福を与えたくないのなら、私の襟首《えりくび》から、貴様の指先までつながっている操りの糸をほどけ」

サガンは神の顔など知らなかった。だが、憤怒にたぎる脳と血が、その描写を可能にしようとしている——その感じだ。

「描くぞ！」

彼はパレットを捨て、筆を手に取った。このアパートへ入る前、コンビニで入手した品が、一〇〇年も使いこんでいる風に古びて見える。

パレットの絵具をこすりつけ、並んだ無地のキャンバスへふるおうとした刹那《せつな》、

「短気は損気だぞ」

干からびた声が、その動きを止めた。

まさか。廊下の訪問者が——絵具のドアを抜けて来るのか⁉

独楽《こま》のようなスピードでサガンはふり向いた。

絵具のドアは消え、固いスチール扉の前に、小柄な禿頭《はげあたま》の男が、つくねんと立っていた。

「……あなたは……」

狂絵師の正気な声が、次のひとことへつながるまで、数秒を要した。

「……ドクトル・ファウスト」

3

全身麻痺《まひ》の人間が、かろうじて抜け出したような声であった。

「師よ——何故ここが？　いや、伺《うかが》っても仕方がない。今日は助かりました。謝礼は必ずや後日」

老人とも若いともつかぬ顔が、しばらくサガンを見つめ、急にドアの方を向いた。

「校長の支援を三度受けられるのが、首席卒業生の特権だ。しかし——邪魔をしたな」

突然、サガンの呪縛が解《と》けた。

猛烈な勢いでファウストの前に廻《まわ》り、ドアを背に立った。

「わかりました。私はずっとあなたのおいでを希求

していたのです。もうひとつ――お願いがございます」

「二つめだぞ。何だ？」

　この国の人間とも外国人ともつかぬ顔が、この国の言葉で訊いた。

「こちらへ」

　サガンは丁重《ていちょう》な身のこなしで、彼をキャンバスの前へと導いた。

「いかがでしょう？」

　と見つめる肖像画を一瞥《いちべつ》して、

「卒業資格を取り消そうか」

　何気ない口調だが、サガンの首すじを冷たいものが通った。

　呆然と立ち尽くす画家へ、しかし、ファウストはすぐに笑いかけて、

「まあ、相手《モデル》が悪い。誰ひとりとしてあの男を描き抜いた者はおらんし、これからも出ては来んだろう」

「それでは困ります」

「ほお」

　悲痛ともいえる「生徒」の主張に、ファウストは愉し気な表情をこしらえた。

「それでは、狂絵師と呼ばれた私の名に傷がつく。私はあの美しい男を見てしまった。最早《もはや》、あの美しさをキャンバスに魂もろとも封じこめぬ限り、廃人と化す他はありません。ドクトル・ファウストの絵画階梯《かいてい》でも、このような場合の対処法はカリキュラムに含まれておりません」

「そのとおりだ。我が校のカリキュラムは、ファウスト学園に解けぬ問題無しと銘記《めいき》されておる」

「しかし」

「わかっている、わかっている」

　禿頭が二度光を放った。うなずいたのである。

「今回のモデルに関しては異例と認めよう。だが、おまえも我が校の首席卒業者にして、狂絵師と呼ばれる男。その不名誉は、ファウスト校の不名誉に等

しい」

俯《うつむ》いた位置からサガンを見上げる双眸《そうぼう》が凄《すさ》まじい光を放った。そして、顔は温厚そのものであった。

「わしは許さぬぞ、サガン、おまえではない。おまえの絵筆も及ばぬモデルをだ」

「…………」

「おまえの技倆が限界であるならば、それを超える策を授けてやろう」

おお！　とサガンは叫んだ。

「何卒《なにとぞ》――何卒願います。師よ――何卒」

「ただし」

「はっ」

「おまえは、今のサガンでは最早いられぬ。正直に言うと、狂絵師の呼称――一万年ばかり早いと思っておった」

「は」

「ふさわしいものにしてやろう」


サガンは沈黙した。この奇怪な師のやり方を思い出したのである。自分をどうしようというのか？　せつらを描きたい――画家としての狂熱よりも、はじめて自己擁護《ようご》の気持ちが勝《まさ》った。

だが、老人の眼を見据《みす》えているうちに、怯懦《きょうだ》もいうべき精神《こころ》は薄日のように消えていった。

「今すぐに、ここで――お願いいたします」

「よいとも」

ファウストはうなずいた。

「だが、ここではならぬ。わしの、ドクトル・ファウストの実験室で、な」

「喜んで」

「あっちだ」

老人斑《はん》と血管が浮き出た指が、ドアの方を差した。

師弟はサガンの描いたドアに辿り着き、サガンが把手《とって》を廻した。

開いたドアの向こうにアパートの廊下はなかっ

た。

「実験室」

とファウストは言った。

何処まであるのかわからぬ高さと長さを誇る棚の列は、古書と色とりどりの薬瓶《びん》とで埋め尽くされていた。

何処かで発電器が虻《あぶ》の羽音のような音をたてている。長いテーブルの上で、フラスコやビーカーが内部の液体を煮えたぎらせている。熱源は古風な石炉だった。部屋中を青く染める光はその炉の炎のせいかと思われた。

そこで、サガンはどう変わろうというのか？　知っているのはドクトル・ファウストのみであった。

だが、小柄な老人の姿が実験室に消えると、狂絵師の影も躊躇《ちゆうちよ》なくその後を追った。青い光の中に吸いこまれた。


午後九時少し前、派手なペンキ塗りの軽トラックが〈余丁町《よちようまち》〉に建つ小ホテルの駐車場に乗りつけ、明らかにラテン系と思しい外国人を降ろした。

チェックインを済ませた後、彼は真っすぐ三階の部屋へ入り、手にしたバッグから、バーボン・ウィスキーの大瓶を取り出して、チビチビ飲《や》りはじめた。

一杯目を終えると、カマンベール・チーズの丸箱も引っ張り出して、八個に切り分けてあるうちのひとつを口にした。

胃に落ちた脂肪の塊《かたま》りがコーンのウィスキーと具合いよく溶け合った頃、ノックの音がした。

チーズが固まった。

誰も知らぬはずの潜伏場所だったからだ。

バッグには拳銃も入っている。マッチの軸ほどの小弾丸《シヨート・ブリツト》二〇発を詰めたワルサー社の小型オートマチックを真っすぐドアに向けて、

「誰だ？」

と訊いた。この国の言葉である。

「秋です」

春風みたいな返事が返って来た。

その言葉の意味を解くのに五、六秒を要した。

ドクター・メフィストとともに消え去った若者が、どのようにしてここまでやって来たものか。

「秋――せつら君か?」

「そうです」

「証拠があるのかね?」

「ミラーが付いてますけど」

ドアに近づくのは不気味だった。

「今日、何処で会った?」

「〈絵画館〉前」

「君は誰と帰って行ったかね?」

「ドクター・メフィスト」

「どうやってここへ来た?」

「トラックに発信器をつけておいた」

「そんなものはなかった。そういうこともあろうかと、トラックはセンサー付きでな」

「違う発信器」

「人殺しはしたくない。三つ数える間に消えろ。その後で射つ。ひとつ」

「えーと」

「ふたつ――みっつ」

小さな銃声と小さな反動が、ごつい拳《こぶし》の中で躍《おど》った。

ドアに開いた小さな穴は、腿《もも》の位置であった。

「どたり」

声がした途端《とたん》、ピエール・ランジュは五発を連射した。マッチ棒状の弾丸は、二ミリ程度の鉄板なら貫通するパワーを持つ特殊弾であった。

ドア・ノブあたりで小さな金属音がした。

新たに引金を引こうとした指はびくともせず、開けたドアから飄然《ひょうぜん》と入って来た人影を彼はたちまち恍惚と見つめた。

「本物かね」

「一応」

せつらは後ろ手にドアを押して閉じた。

「ドクター・メフィストはどうした？」

「治療は終わったので」

「ふむ――かけたまえ」

ピエールはソファを指さした。

せつらが腰を下ろすと、備えつけのグラスをその前へ置き、

「飲《や》るのかね？」

「コーラあります？」

「おお――ヨーロッパに住めるタイプじゃないな」

「バーボンを飲むフランス人が言うな」

ピエールは、ちらと手にしたグラスを見て、

「仰《おお》せのとおりだ」

と唇を突き出した。妙にあどけない表情だ。案外、善人なのかも知れない。

電話が鳴った。

ピエールが左手で取った。

「――ああ。おかしな奴が侵入しようとしたので射った。大丈夫、もう逃げたよ。いや、来なくて結構。ドアのほうは弁償する？　ん？　保険？　ならそれで――ああ、後は心配しないでくれ」

電話を切って、

「フロントからだ。銃声を聞いた客が連絡したらしい。しかし、大した街だな。ホテルへの侵入者は日常茶飯事《さはんじ》か。おまけに、いいと言ったら、本当に誰も来やせん。弁償すると言ったら――」

「〈区〉の〈妖物保険〉に入っているからいい、と？」

ピエールは肩をすくめて、ピンポーンと言った。

妖魔、妖物、死霊による攻撃《アタック》が日常的に生じる〈新宿〉では、〈保険〉が生存の必須条件となる。

最も多いのは〈区〉が提供する三種。
①〈区民保険〉
②〈妖物保険〉
③〈死霊保険〉
①は〈新宿区〉が〈区民〉全員に保証するもの

で、年収の一パーセントの支払いで修学、医療、入院、死亡時の負担が二割で済む。

②は、妖物の攻撃による負傷、死亡時における支払いが、これまた二割で済む。

これに基《もと》づく損害も一〇〇万円未満なら〈区〉が提供してくれる。ピエールのドア補償の場合はこれに当たるため、負担はかからないのである。

③は、死霊、悪霊による攻撃がもたらす被害に対して支払われるもので、基本的には②と同じだが、どちらも〈特別条項〉というのがあり、これを受け入れると保険額が年収の三〇パーセントに引き上げられる。

すなわち、妖物、死霊の類《たぐい》がもたらす被害は、時間的、空間的、血統的に拡大の怖《おそ》れがある。寄生妖物に襲われた場合、当人は治療によって回復しても、その血の中に寄生卵が残っていないとは限らないということだ。DNAレベルになれば、〈新宿〉といえども、たやすく探知はできず、観光客などは〈区外〉の治療に頼らざるを得なくなる。

その後、女性が妊娠したり、セックスに及べば、妖物の種は血脈として無尽蔵の広がりを得る。このリスク予防のため、保険の適用範囲は、契約者から三代に及ぶ。掛け金が高いのはそのためだ。加入者は、その間、〈区〉の定期検診を受け、必要とあれば入院、治療も無償で受けられる。

「ところでおかしな技を使うなあ」

とピエールが右の人さし指を見た。引金を引けなかったことを言っているのである。

「もう使える」

「モデル以上に、君という人間に興味が湧いて来たよ。さて、用件を聞こう」

「昼の続き」

とせつらは言った。

拳銃沙汰《ざた》を起こした張本人とはとても思えない、のんびりした口調である。

「魂の解放か——それはリランでも難しいと言った

はずだ」

「聞いたけど」

「彼が意図的に封じた魂なら、何とかなるが、無我の境地で筆を走らせているうちに、自然と絵に入りこんでしまったものは、手に負えまい。ノウハウがわからんということだ」

「無責任じゃないか」

とせつら。

「芸術とはそういうものだ。周囲を気遣いながら芸術は成し遂げられん」

「古いよ」

「いや、不変だ」

「じゃ、リランに会わせてもらおう」

「マネージメントは全てわしが担当している。昼間は特別だ」

「夜も」

とせつらは言った。同時にピエールの全身が痙攣《けいれん》した。骨の髄《ずい》を糸鋸《いとのこ》で引かれているような痛みであった。

「もっと痛くなるよ」

とせつらは茫洋と凄まじい脅《おど》しを口にした。

「行くよね？」

ピエールはうなずいた。味わった者しか知れぬ痛みのために、表情は虚《うつ》ろだった。

二人は部屋を出て、地下一階の駐車場へ下りた。

派手な軽トラックが近づいてきた。

「あれが、芸術家の住い？」

「人見知りでな」

「ついでに派手好きでもある」

言ってから、せつらは、

「ファン？」

と訊いた。

軽トラの荷台の端《はし》と運転席に人影が集まっている。

第四章　せつら求愛

1

「駐車場荒らしだ」

せつらが言うと同時に、ピエールからの反応が変わった。平凡な人体が伝えて来たのは変化の兆候であった。

筋肉膨脹《ぼうちょう》、肉質の強化、骨格の変貌、――。

「おい、荷台に誰かいるぜ」

荒らしのひとりが言った。まだ若い声だ。服装や身体つきから見て、全員大学生くらいだろう。荷台に集まった人数は六人であった。

「そいつぁいいや、脅して開けさせろ。一発ぶちこんでやれ」

「よっしゃあ」

ひとりが三歩下がると、ブルゾンの内側から大型の回転式拳銃《リボルバー》を取り出して撃鉄《ハンマー》を上げた。

「――ん!?」

せつらの顔に驚きが走った。

ピエールが荒らし目がけて疾走したのである。

空気の動きと気配で若者たちが気づいたとき、彼は荷台を囲んだ若者たちの間に突っこんだ。

右腕が無造作にふり廻されるのをせつらは見た。

鮮血がとぶ中を、三人が吹っとんだ。

「な、な、な」

「てめえ――何だ?」

残る三人のうち無言のひとりが、拳銃の主であった。

両手で構えて――射った。

キレたのか冷静なのかはわからない。

回転式拳銃《リボルバー》には、四四マグナムの巨弾が装塡《そうてん》されていた。

それはピエールの喉《のど》を直撃し、頭蓋骨も粉砕して後方へ抜けた。

二発目が左肺を貫通した刹那、ピエールの手刀《しゅとう》がそいつの首へ一閃《いっせん》した。

きれいに飛んだ。

「へえ」

せつらの感嘆《かんたん》に送られながら、それは後方の乗用車の向こうに落ちて、鈍い攻撃音を伝えて来た。

「助けてくれ」

「化物だ」

二人は逃亡に移った。

ひとりはせつらの脇をすり抜けて、非常口の方へ走り去ったが、もうひとりは途中で捕まった。

片腕で軽々と頭上へ持ち上げられてしまう。

せつらに止める気はない。彼は画商の唇からこぼれる牙をみつめていた。

ピエールがコンクリートの床へ叩きつけようとした刹那、

「待て」

と声がかかった。

荷台の中から――リラン・デュニスの声であった。

虚空に――正しく突然、ピエールの体型に変化が生じた。元に戻ったのである。

途端に膝が崩れた。若者の重さを支え切れず、右へ左へとよろけるところを、

「こっちへ放れ」

と画家の指示が飛んだ。

「わかった」

渾身《こんしん》の力をふり絞って、荷台へ戻った。

扉が開いていた。

「助けてくれ」

若者の叫びは、暗い空へと吸いこまれた。

テープが切れたサウンド・トラックのように、ぴたりと止まった。

「悲鳴より怖いことが起きたな」

「そうだ」

前者がせつら、後のがピエールである。せつらは画商がひどく重いものを背負っていることを知った。

「行かないの？」

「手遅れだよ」

ピエールは両肩を落として荷台を見つめた。四人を一瞬の間に仕留めた怪人の姿はもう何処にもなかった。いま彼が感じているのは、不安だけだった。

「来た」

とせつらが言った。

ピエールの両眼が彼を映し、荷台に向かって、またせつらへ戻った。

「わかるのか？」

「何とか」

せつらは前方へ顎をしゃくった。その動きさえ、はた目にはとろけるほど美しい。

暗い奥から足音——と、衣《きぬ》ずれの音が、こちらへ近寄って来た。

さっきの若者が現われた。どこにも変化は見られない。怯《おび》えた表情が、少し和《やわら》いでいるくらいだ。

せつらの眼が、それに気づいたかどうか。黒瞳《こくどう》が映しているのは、これも若者の上半身だった。

桜色の顔は頬《ほお》がややこけているきりで、整《ととの》った輪郭《りんかく》を備えていた。せつらに向いた二つの眼は、碧《あお》い瞳の優しさにふさわしい落ち着きを備えていた。

美しいものを美しいと見られる眼だ。前を大きくはだけた青いネルのシャツの着方も芸術家らしいし、青白い両腕は、どちらも灰青色の絵具が付着した絵筆を握っている。

だが、鼻は何処だ？　口は——あのひとすじの線《ライン》が口か？　耳は小さな穴がふたつきりだ。

何よりも——脚は何処にある？　脚がないのに何故、滑《なめ》らかに歩く？

線が、ぱくぱくと動いた。

「僕がリラン・デュニスだ」

流暢《りゅうちょう》な日本語であった。

「妙な会い方だが仕方がない。秋せつら——僕の愛《いと》しいモデルよ」

讃嘆《さんたん》の声も、せつらを動かした風には見えなかっ

た。その代わり、奇怪な画家を眼《ま》のあたりにして、眉ひとすじ動かさず、

「魂を返して欲しいんだけど」

「ピエールが言ったとおり、それはできない。簡単には、ね」

「──できるんだ」

「何とかなる、かも知れない。ただし、生命を削《けず》る羽目《はめ》になる」

せつらの眼の隅で、画商の顔色が変わった。画家は構わず続けた。

「やってみよう。ただし、そちらも僕のモデルになるという条件は容《い》れてもらいたい」

「…………」

「NONならご破算だが──魂を吸い取られたモデルたちは、ざっと三〇〇人。君ひとりのモデル承諾で救われれば、安いものじゃないか。しかも、君は生涯、彼らとその家族から恩人、英雄と讃えられる」

せつらの脳はこのときフル回転していたに違いない。

リランの提案は、数式としては問題ない。後はせつらという若者が、自分を犠牲にしてまで他人を救うつもりがあるのかどうかにかかっている。

「三〇〇人か」

とせつらはつぶやいた。

「全員の魂が帰ってくると保証できる？」

「できない」

リランは明言した。

「正直、全員は無理だろう。また、僕の生命がもつかどうかも怪しい」

「それでは、君の死後、僕を魂の檻《おり》から助け出せる者がいなくなる。やっぱり断わろう」

「依頼を断わるのは恥じゃないのか？」

「その辺の議論はよそう。それに──〈新宿〉にも神隠しが起きる。戻って来た連中は、みなとんでもない悲劇的な力と運命を負っていた。戻って来た連

中がまともかどうかわからなくては困る」

二人は互いの姿を瞳に映しながら沈黙した。

少したってから、リランが低く、

「ひとり」

と言った。

「は？」

とせつら。

「ひとりだけ戻そう。それくらいなら、さして負担にもならない。その人物を見て、魂を戻したモデルがどんなものか決めてくれたまえ。正直、僕にもわからないのでね。その上で、モデルを受け入れるかどうか決めたらいい」

「いいけど——こっちばかりが得をするよ」

「勿論《もちろん》、そうはいかない。君の一部を預からせてもらう」

「一部？」

それでも、せつらは茫洋たるものだ。

リランの唇が動いた。

「そうだ。具体的に言うなら、右腕だね」

「持ってくの？」

リランの右手が、NON、NONとふられた。

「描かせてくれるだけでいい。それで君の腕が僕のものになる。当然、君のほうはでくの坊化するが」

「それは困る」

いきなりピエールが口をはさんだ。

「こちらは精一杯譲歩した。決めるのは君だ。ここで断わるのは、虫が良すぎると思う」

「うーん」

せつらは宙を仰いだ。本当に悩んでいるかどうかは——怪しいものだ。

もう一度、うーんと唸ってから、

「承知した」

と言った。

「感謝するよ」

リランという名の奇体は、全身を震わせた。感謝は嘘ではないらしい。

「では——すぐに描かせてもらおう。ひとりの魂は、すぐに渡す」

「戻すのが先だ」

せつらが言い放った。

「同時でと」

「え？」

「描きはじめると同時に、返還ははじまり、描き終わると同時に終わる。これなら不公平はあるまい」

「確かに」

せつらも同意せざるを得ない。

「では交渉成立だ。入りたまえ」

と奇怪な身を翻《ひるがえ》そうとするリランへ、

「こいつはどうするね？」

とピエールが訊いた。荷台の隅に立つ若者を凝視している。車上荒らしのラストワン——リランのもとへ放られた男だ。

「処分したまえ。モデルに使えるかと思ったが、これまでの駄作と同じだ」

「わかった。来い」

ピエールが声をかけると、若者は荷台から降りた。

「ついて来い」

「処分する間も、シンジケートから邪魔が入るかも知れない。油断するなよ、ピエール」

とリラン。

「任しておけ。君には指一本触れさせせん」

「モデルにも、だ」

「——勿論だ」

画商が歩き出すと、若者もふらふらとその後を追いはじめた。

若者がどう処分されようと関心などないのか、せつらは荷台に上がった。

闇が視界を封じている。

糸は——その前でよじくれ、いっかな進もうとしない。

——さっきは切られたし

不穏がせつらの胸を満たした。変身したピエールは妖糸を引きちぎってリランの救援に向かったのだ。
――今度は遮《さえぎ》られてる。芸術家って凄い
この若者にしては、素直な感想であったろう。
しかし、リランの後を追う足取りには一点の躊躇もなく、美身は黒い闇に吸いこまれた。

2

〈メフィスト病院〉を、ある人物が訪れたのは、午後三時――せつらを〈特別病棟〉へ収容してすぐのことである。

「『世界絵画販売シンジケート』日本支部長の黒沢と申します」

背後に二人のガードマンを控えさせた黒沢は、恭《うやうや》しく頭を下げた。日本支部は丸《まる》の内《うち》にあるが、さすがにドクター・メフィストの名は承知しているとみえる。

「御用件を伺おう」

名刺を一瞥《いちべつ》するや、メフィストは本題に入った。

「そちらの〈特別病棟〉に収容されている秋せつら氏をお引き渡し願いたい」

メフィストは静かに、慇懃《いんぎん》に見える訪問者を見つめた。

昨日は、サガンを出せと要求され、現在はその要求者がサガンの代わりに〈特別病棟〉内にいる。今度は、その要求者と来た。

「お断わりする」

あっさりと返した。黒沢は眼を剝《む》いた。彼は〈メフィスト病院〉の何たるかを知らなすぎた。

「いや、それなりの御礼はするつもりですぞ」

「当院の〈特別病棟〉に入院中と何処で知られたかな?」

「そ、それは」

「それを知って、引き取りを申し出るとは、肝心のことをご存じないようだ。二度と来られることもあるまい」

「いや。困ります、それは困ります。両者とも、我がシンジケートにおいては特別なＶＩＰでして。何としても、引き渡していただかなくては、日本支部の存亡に関わります」

「お引き取り――」

と言いかけ、白い医師は何か思いついたように、

「我が医院に秋氏がいるとわかっても、〈特別病棟〉に関しては、外部の人間にわかるはずがない。入院決定を下すのは私ひとりだからだ。誰からお聞きになったのかな?」

「そ、それは――知りません。本部からの連絡です」

「それを仰《おつしや》っていただけるのなら、秋氏を」

「お渡し願えますか?」

「――お目にかけよう」

「は?」

奈落《ならく》の底へ落ちていく黒沢へ、

「どうなさる?」

冷ややかなメフィストの問いが迫った。

黒沢は腕を組んで、うーむと唸った。両眼は閉じ、まぎれもない苦渋が顔中に貼りついていた。

二秒ほどで眼を開き、

「よろしい。お教えしましょう。すぐ本部と連絡を取ります」

失礼とガードともども応接室を出て、一分とかからず戻って来た。

「わかりました。本部に連絡をよこした人物は、ドクトル・ファウストと名乗ったそうです」

タクシーを降りてから、せつらは改めてかたわらの娘を眺めた。

どう見ても、ダーク・グリーンのブレザーにグレーのプリーツ・スカートを身につけた女子高生である。

「あの」

と娘が迷惑そうに訊いた。せつらの方を見ようとはしない。魂といえどもこの辺は人間と同じなのかと、せつらは妙な納得をしてしまった。

「あ。何か?」

「あたし、そんなにおかしいですか? 普通と変わってます?」

「いえ」

と軽く首をふってから、

「少し違う。足どりが人より軽やかですし、時々、向こうが透《す》けて見える」

「そうですか。やっぱり違うんだ」

「違うと困る?」

「ええ。何となく、このまま、身体《からだ》に戻らなくてもいいんじゃないかと思ったものですから」

「自分の身体が嫌い?」

少し黙ってから、娘はええと答えた。

国重左輪であった。魂の抜け殻たちが、せつらの家を訪ねたとき、ただひとり、ピエールからモデル料を受け取っていないと告げた娘である。

「自分の身体を抜けて魂の状態になると、色んなことがわかるんです。変なこと言っていいですか?」

何気ない口調であった。

せつらは、はあと応じた。

「あたし、白血病なんです」

「はあ」

「全然、普通で、三ケ月くらい前に、めまいが多くなったんで診《み》てもらったら、もう身体中がおかしくなっていて、手の打ちようがない、と言われました。だから、このままのほうがずっと楽なんです」

「それでは困る」

とせつらは言った。魂を迎え入れても肉体に異常が生じないかチェックする必要がある。そのための実験台だ。当然の反応である。血液の癌《がん》にかかっていたとしても、チェックに支障はない。

「わかってます。みんなにも協力しろと言われて来ましたし」

　左輪は運命に従う――というより、他者からの信頼を裏切っても自分を通す我欲は持ち合わせていないようであった。

「リランは君を出すので精一杯だった」

　これには左輪もどこか意地悪く笑って、

「ひっくり返ってましたね」

　せつらもうなずいた。

　軽トラの荷台の内部はアトリエとなっていた。

　自然光のランプと照明、天窓を光源に、リランは筆をふるっているらしかった。おびただしいキャンバスと大量の絵具と筆が、珍しく、せつらにへえと言わせた。

　せつらをクッションにかけさせ、奇怪な画家は低く下げた画架《がか》の前にある長椅子《いす》に横たわって、準備を整えた。

　パレットに絵具を盛り、

「右腕を高く上げ、そこで床と平行になるまで動かして止めたまえ」

　せつらが従うと、

「これでよし。後はこちらで固定する。動くな。何もしない」

　せつらも信じる他はない――と言って、信じたかどうかは怪しいが、とりあえず反対はしなかった。

　不意に、曲げた部分――指先から肘《ひじ》までにかけて、三ヶ所に鋭い痛覚が走った。

　小さいが鋭い針をつけた糸が打ちこまれたのだ。それを見て、

「へえ、固定するってこれか」

　せつらは感嘆してると到底思えない声で感嘆してみせた。

　正直に言った。

「驚いた。ぴくりとも動かない」

「腕の他のどんな部分でも、動かなくしなきゃ、写実的に描いたことにはならないんだ。骨のそばを走る血管にだって血は駆け巡ってる。その一〇

○○分の一の脈動ですら、写実の妨げになるんだ。出来れば、人間の内臓の全てを抜き取って筆を走らせたい。これが芸術家——出来上がった作品が芸術だ」
「へえ」

「君はもう何もする必要がない。五分ほど動かずにいたまえ——その鏡を見ているがいい」

　せつらの右方に等身大の大鏡があった。

「では」

　リランが、肌色の絵具をたっぷりと塗りつけた平筆をキャンバスに乗せた途端、室内を映していた鏡の中心に、何かおぼろげな形が生じた。

　人体だ。

　見る見る形を整えていく。それがリランの絵筆が動くのと同じタイミングだと知って、せつらは彼の言葉が嘘ではないと確信した。

　手が備わり、足も完成した。顔立ちは、眼と鼻だけで美しいとわかった。

　ウェーブをかけた豊かな髪の毛が腰まで下がり、ブレザーとスカートを身にまとう。

　正しく一〇分足らずで、せつらの右腕がキャンバスに描かれ終わると同時に、鏡の向こうには、こちらにはいない娘が立っていたのである。

「出た——成功だ」

　言うなり、リランはがっくりと、首を垂《た》れた。絵筆が床に落ちて、二色の色彩《いろ》がとび散った。

　せつらはリランの方を見ようともせず、鏡の中から滲《にじ》み出る娘を凝視した。

「私の身体はお目にかかっていますが、私は——はじめまして」

　と床の上で娘は微笑した。魂の行方を求めてせつらの家を訪れた抜け殻のひとり——国重左輪であった。白い花に似ていた。

　それから、二人は軽トラを出た。ピエールは、リランがぶっ倒れたと娘——左輪に言われて、アトリ

エへとび込んで行った。

せつらと左輪の目的地は、言うまでもなく、〈神楽坂《かぐらざか》〉にある左輪の家であった。

「そこを曲がったところです」

古い生け垣《いがき》とブロック塀《べい》の路地の突き当たりを指さしたが、左輪の足は早くならなかった。

それでも曲がる時が来た。

あっ、と叫んで立ち止まるのをせつらは見た。

そこには家はなかった。

更地《さらち》のみが夕暮れの青い光を浴びていた。敷地の前に工事用の立て看が出ている。

建築予定の家の名は、左輪の名字ではなかった。

工事の予定日は三日後だ。

「引っ越しちゃったんだ、父さんと母さん」

左輪の魂が奪われたのは、半年ばかり前だとせつらは聞いている。ひとり娘の魂が消え失《う》せた土地に居住することに耐え切れなくなったのか、他に理由があったのか。

「あたしの身体——大事にしてくれてるかしら」

「その心配はない。日常生活は普通と同じだろ。引っ越し先もすぐわかるよ」

せつらがそう言ったとき、通りかかった中年の婦人が、

「あら、左輪ちゃんじゃないの」

眼を丸くした。

「あ」

と左輪も驚きと安堵《あんど》をまとめた声を出してから、せつらに、

「近所の奥さん」

と言った。二人は黙礼し、婦人はたちまち恍惚となったが、サングラスが効いてか、何とか自分を取り戻して、

「左輪さん——ひょっとして、魂?」

と訊いた。

「はい」

「やっぱりか。でも少しも変わらないね」

息も絶え絶えに言った。

魂の抜け殻が、行住坐臥《ぎょうじゅうざが》一般人と変わらないのは、〈新宿区民〉なら誰でも知っている。

彼らは普通に眠り、飲食し、排泄《はいせつ》も行い、仕事に出かける。事務能力、運動能力もいつもと変わらない。

だが、不気味だと言われる。

見慣れている相手なのに、何処かが違うとわかるのだ。誰も指摘は出来ないが、人間の人間たる部分が欠けている。

笑っても、怒っても、話し合っても、歌っても、何も感じない。訴えてくるものがない――みなこう口を揃《そろ》える。

それを。

――まあ、そんなもんさ。とにかく、生きてるんだし、仕事も付き合いもできるんだから
と納得してしまうのは、〈新宿区民〉ゆえだ。〈区役所〉の試算によれば、様々な原因により魂を失った〈区民〉の数は百余名。全員が、尋常《じんじょう》な社会生活を営《いとな》んでいるとされる。

左輪の抜け殻も高校に通っているはずだった。

「せっかく帰って来たのに――四日ばかり遅かったわね。父さんも母さんも越しちゃったわよ。でも、すぐにわかるわ。〈四谷《よつや》〉だって言ってた」

「小母《おば》さん――どうかした？」

凝視する魂の眼から、婦人は眼を逸《そ》らした。

「ね、何があったの？　正直に言って」

「引っ越し屋が『ダミアン運送』って言ってね。あたしも良く知らないんだけど。時々、届けた品が紛失してるって噂《うわさ》があるとこなのよ」

「どうしてそんなとこ？」

「値段がバカ安なの。早く行ったほうがいいわよ」

婦人はさらに声をひそめて、

「――そこ、人体や内臓を〈区外〉の業者ややくざに売りとばしてるって――」

3

〈四谷三丁目《さんちょうめ》〉の運送屋へ、世にも美しい訪問客が現われたのは、午後五時を少し廻った時間であった。

その顔を見た運転手らしい屈強な男たちが、次々と恍惚状態に陥《おちい》るのは、訪問者にとっては見慣れた現象であった。

「何だい、あんた?」

事務服を着たひとりが眼をこすりながら訊いた。

受付のデスクに若い女性事務員が二人いるが、こちらはもう半病人状態だ。

黒ずくめのコート姿さえ、かがやいて見えるような訪問者は、四日ほど前に彼らが送り届けた家の名字を伝え、引っ越し先を教えて欲しいと申し込んだ。

「そら言えませんよ。企業秘密ってやつです」

男は曖昧《あいまい》に笑った。

「どうしても知りたい」

と訪問者はせがんだ。

「無茶言わんで下さい」

「じゃ、違うことを教えて。そのお客を皆殺しにして奪った荷物の行く先」

「何だと?」

事務服の男の表情が変わった。他の連中も別人の——本性が剝《む》き出しになった表情に変わる。

窓のブラインドが下りて行く。女性事務員が立ち上がった。奥へと退散する状況なのだ。しかし、二人は椅子へ戻った。訪問者と離れたくないのである。

「お兄さん、おかしな言いがかりをつけちゃ困るよ。うちは〈区〉から許可も貰ってる真っ当な運送屋なんだ」

「許可証付きの妖物もいたよ」

「野郎」

男たちが低く呻いた。

それを片手をふって押し留め、事務服の男はあくまでも穏《おだ》やかに、

「言いがかりをつけるなら証拠を見せてくれないか？　うちは法的手段に訴えてもいいいんだよ」

「〈焼却場〉へ行って来た」

と美しい訪問者は、男たちの顔色を変わらせた。

「あそこが、一週間分の焼却灰を保存しとくのは知ってるよね？　四日前のを分析してもらったら、確かに国重一家のが出て来た。DNAも一致したよ」

事務服姿の顔つきが悪鬼に化けた。

「あんた――警察《サツ》か？」

「――に知り合いが多いだけ。灰の中に娘さんのだけがなかった。何処へやった？」

訪問者は、男たちの思惑になど、かけらほどの興味もないようであった。

「あんたも灰になってもらうしかなさそうだな、お兄さん」

事務服の男がうなずくと、男たちが武器を抜いた。拳銃ではない。衝撃波銃《スタンガン》である。小指の先ほどの弾頭は、命中した瞬間、三〇〇〇ボルトの高圧電流を相手の全身に放出する。常人ならまず失神――悪くすれば即死の運命だ。

引金《トリガー》にかかった指が限界まで引かれる寸前、無惨な呻き声がそれを止めた。

「良美《よしみ》!?」

ショートカットのほうの女性事務員であった。男たちがはじめて見る奇怪な表情を灼《や》きつけている。骨まで食いこむ刃《やいば》の痛みは、当人でなければ永遠にわからない。

「どうしたんだ、おい、あんた、何をした？」

「近づくと狂い死に」

美しい顔が平然と凄まじい内容を口にした。一瞬、男たちの脳裡《のうり》を、悪魔という単語とイメージがかすめた。

「顔が似てるから娘さんだと思ったけど――図星《ずぼし》だ

ね。父親として苦しむ姿は見たくないと思う」

「当たりめえだ――やめろ！」

「交換条件」

「言いがかりだ」

「なら」

鳥みたいな声を最後に、女事務員は白眼を剝いた。

「女に何しやがる？　やめてくれ。娘は何も知らねえんだ！」

男の哀訴を、訪問者の顔は冷たいかがやきで弾《はじ》き落とした。

「店の真ん中にいて、おまえたちのしてることを知らない？　国重の娘さんは、ご両親が灰になったことを知ってるぞ」

声もなく立ちすくむ男たちの緊張が、だしぬけに解けた。

良美が笑ったのである。

白眼を剝き、口から泡を吹いても、奇妙な声は高く高く噴き上がった。残る女性事務員が、こちらはまともな悲鳴を上げて耳を覆《おお》う。

「少し狂った」

こんな指摘を茫洋と行う天上の美青年――そこにいるのは人間ではなかった。

秋せつら――美しき魔人よ。

「や、やめろお」

事務服の男が叫び、それに押された男たちが、衝撃波銃をせつらに向ける。

銃は揃って床を射った。

落ちたのである。手首ごと。

「生命保険は？」

せつらがのんびりと訊いた。

「か、かけてある」

と事務服姿が答えたのは、すでにキレかかっているせいか。

「なら――いいか」

春風のような声の意味がすぐにはわからず、え？

と訊き返した瞬間、武器を手にした男たちの首は一《いっ》斉《せい》に滑《すべ》って外《はず》れ、床に鈍く重い音をたてた。

　女事務員は失神した。

「次は誰の番？」

　静かなせつらの声に、

「父……さん……」

　絞殺寸前としかいえぬ声が重なった。

「……助け……て……あたし……首を……落とされたく……ない……」

　良美は事務服姿に右手をのばして、救いを求めていた。顔の色は白い。唇は紫色だ。

「楽にさせる？」

　これでせつらの勝ちであった。

「わかった――娘を助けてくれえ！」

　事務服姿の叫びと同時に、良美は崩れ落ちた。

「立派な親だ」

　静かに告げるせつらを事務服姿の男は、この世のものではない存在と遭遇したときの眼で眺めた。


「ひとつ頼みを聞いてくれ。でないと、おれは娘を道連れにいま死ななきゃならねえ」

「――何？」

「この店はただの手足の一本だ。おれたちに仕事を依頼してる本ボシがいるんだ。そいつらにこのことを知られたら、おれらは生きたまま八つ裂きにされちまう。誰にもしゃべらねえでくれ。この後すぐ、おれたちは〈新宿〉を出る」

「いいよ」

　せつらは簡単に受け入れた。

「恩に着る。確かに国重家の引っ越しも、夫婦の処分もやってのけた。命令したのはおれだ。娘は――」

　言いかけて事務服姿は眼を剥いた。

　戸口から差し込む光が翳ったのである。

「――何だ、おまえは!?」

「国重家の娘さん」

「左輪よ」

怒りの形相と涙に濡《ぬ》れた眼が、事務服姿を呆然とさせた。

「娘？　娘って——どうなってんだ？」

左輪は室内を見廻し、眼を閉じた。

血の海に生首が転がっている。発狂した女が、ケラケラ笑っている。なまじの神経の耐用限度を遥かに超えた惨たる光景であった。

それでも位置を変え、二歩進んで立ち止まった。

足下に首なしの胴がなお鮮血を吐いている。

しゃがみこんで、右手の衝撃波銃を奪い取り、立ち上がった。

両手で事務服姿に狙いをつけた。

「あなたが、父さんと母さんを殺したのね？　命令したって言ったわよね？」

「…………」

「焼いて——灰にしちゃったのよね？」

「…………」

「秋さん——これで射てば死ぬの？」

「多分」

「そ。なら、この人を射ってやろうっと」

銃口は、床上の良美をポイントした。

「やめろ、やめてくれ！」

事務服姿が銃口と娘の間に割って入った。

「この娘にゃ関係ねえ。命令したのはおれだ。おれを殺せ」

男は激しく自分の胸を叩いた。

「でも、そしたらあなた、すぐ楽になっちゃうじゃない？　あたし——苦しんだわ。〈焼却場〉からここまで、気が狂うかと思うほど泣いたわ」

「それは……」

「父さんと母さんが、灰にされるような悪いこと、あなたにした？　ねえ？」

「……許して……くれ」

「ううん。許さない。ねえ、した？」

事務服姿は首をふった。

「なら、どうして殺したの？　どうして、あたしを気が狂うほど悲しませたの？　そのくせ、自分だけいいカッコして、楽に死のうっていうの？　断わっとくけど、あんたを射ち殺した後で、あたしはその女――射つわよ」

「無茶言うな。それじゃ人殺しになるぞ」

「あんたが言うな」

「頼む、やめてくれ」

事務服姿は両膝をつき、両手を組み合わせると顔の前に上げて、哀願した。

「悪いのはおれだ。その娘を見逃してくれ。その銃の弾丸をみなおれに射ちこめ。代わりに娘を助けてくれ」

男の眼から涙が頬を伝わった。娘の身代わりに、凄惨な死を覚悟した父親の姿に間違いはなかった。

「射って！」

男の後ろから声がかかった。ただひとり残った関係者――女性事務員であった。

「貴様――何を言う？」

事務服姿が歯を剝いてそちらを見た。

「その男の言ったのは、みんな嘘っぱちよ。良美は、店でやってること、みいんな知ってたわ。それどころか、そこの首無しどもに、よくやった、今月は稼ぎが少ないから、あと何人か〈焼却場〉行きを増やしなって、いつもはっぱをかけてたわ」

「や、やめろ」

男が立ち上がり、事務員めがけて走った。

その膝が裂け、彼は赤い床に転がった。

「ざまあみなさい。聞いて。その親父は、あたしが採用試験受けに来たとき、そこにいた男たちみんなにあたしをレイプさせたのよ。先頭は、そいつよ。それから、ずうっと、ここへ来るたびに――」

女は受付台の上に泣き崩れた。両手で台を叩いた。

音はいつまでも続いた。

「許せない――二人とも」

左輪がこう言うまで、少しかかった。震えていた銃口がぴたりと止まった。

「よく見てなさい。自分の娘が眼の前で射ち殺されるのを。どんな気持ちがするか、後で教えてね」

「やめろ――あんた、止めてくれえ」

せつらは黙って男を見つめていた。

引金は引かれた。

圧縮ガスの解放音。

笑いつづける娘の足下の床に、黄金色《きんいろ》の塊りが貼りつくのをせつらは見た。

「それだけ？」

すすり泣く左輪に訊いた。

「出来ない……どうしても」

「人が好《い》いこと」

せつらは黙って、衝撃波銃を取り上げた。

指が滑って――銃は床に落ちた。

ガス漏《も》れの響き。

男が痙攣《けいれん》した。三〇〇〇ボルトの直撃であった。

もう一度。しゅっと。


もう一度。

もう一度。

最後の一発が射ち終わったとき、左輪は床上で踊りつづけた武器を見つめ、それからせつらを見上げた。

「暴発」

と美しい若者は言った。左輪が信じたかどうか？

「――どうなるの？　この二人？」

「さて」

「元に戻るかな」

「さて」

せつらは軽く額を叩いた。

「君の行く先を聞き忘れた」

「『安井組《やすいぐみ》』よ」

「え？」

ふり向いた。受付台の向こうで、女性事務員がこちらを凝視していた。

「うちの黒幕はそこなの。住所は〈矢来町《やらいちょう》〉。〈区外〉と臓器売買するための、解体工場もあるそうよ」

「ありがとう」

せつらは礼を言って、左輪の肩を押した。

せつらがドアを開けたとき、女が声をかけて来た。

「お嬢ちゃん――なぜ射たなかったの?」

せつらは左輪を見た。娘はふり向いて女事務員と向かい合った。

「わかりません」

と答えた。

女事務員はうなずいた。

「そう。えらいわね、あんた。あたしまで救われた気分よ――ありがとう」

二人は外へ出た。

夕闇が迫っていたが、まだ明るい。

「来るなと言ったのに」

とせつら。


「ごめんなさい。みんながじろじろ見るのと――やっぱり、行きたくって。ごめんなさい。怒ってます?」

「いいや」

その後、何かつぶやいたような気がして、左輪が、

「何か?」

と訊いた。

「何でも」

こう言ったのである。

魂に安らぎあれ
否《いな》。

魂に安らぎあり
と。

第五章　亡骸《なきがら》を求めて

1

好色を絵に描いたような中年男が入って来ても、椅子《いす》にかけた娘は身じろぎもしなかった。不安そうな表情も一切浮かべぬ白い美貌が、男の淫虐心《いんぎやくしん》をさらに煽《あお》り立てた。

男は娘のかたわらに立てた二メートルを超す粘土《ねんど》の山に近づき、裾広《すそひろ》がりの下の一部を掴《つか》み取ると、山の中央からやや上——人間でいうと胸のあたりに叩《たた》きつけた。

もうひとつ。

何の思惑もなく無造作《むぞうさ》に叩きつけたとしか思えない小ぶりな粘土は、明らかにある形を整《ととの》えていた。

「お嬢ちゃん——これは何だと思う？」

男は優しい声で訊《き》いた。

「お乳」

と少女は答えた。

「誰の——かな？」

「私の」

「正解。よく出来たねえ。小父《おじ》ちゃん嬉《うれ》しいよ」

男は舌舐《したな》めずりをした。それを見なくても、この部屋で何が起こるか一目瞭然《いちもくりようぜん》であったのに、娘は男が来たときの姿勢を一ミリも崩さず、両眼を虚空《こくう》に据《す》えていた。両親を殺されたショックのあまり、感情を喪失《そうしつ》したというのでもない。これが普通なのだ。

どこの病院で検査を受けても、脳にも身体にもほとんど異常がないことがわかるに違いない。だが、あるのだ。

この娘には、ただひとつ、途方《とほう》もないものが欠けているのだった。

男はわざと娘の前へ行き、その視線の先で服を脱ぎはじめた。

弛《たる》み切った顎、筋肉がだらしなく浮いた首、いい音がしそうな太鼓腹《たいこばら》と下腹、そして、干《ひ》からび萎《な》え切った奇怪な果実か植物のような男根。

「ほおら、見てごらん。この醜《みにく》い身体を。誰だって見たくなんかないよねえ。顔そむけるよねえ。でも、お嬢ちゃんは何も感じないんだ。ひと目見たときからわかったよ、お嬢ちゃんには魂がないんだって。だから、小父ちゃんはお嬢ちゃんだけ生かしておいたんだ。可哀相《かわいそう》に。お嬢ちゃんのパパとママは、もう灰になってるよ。小父ちゃんはねえ、しがない取り立て業と殺人業を兼ねてるんだけど、実は芸術家なんだよ」

　男は男根を摑むと、子供みたいに上下にふりながら、娘のすぐ前へとやって来た。

「ほおら、見てごらん。お嬢ちゃんみたいな可愛《かわい》い女の子の前で裸になっても、小父ちゃんのペニスは少しも固くならないだろ。これも芸術家の証拠さ。小父ちゃんはお嬢ちゃんの中に欲望ではなく美を見たんだよ。それでお嬢ちゃんを彫《ほ》りたくなったのさ。見ててごらん、すぐに済む。そして、小父ちゃんの望むような結果が出れば、すぐにもパパとママのところに行かせてあげよう。駄目《だめ》だったら?――それでも同じさ、ただし、少し時間がかかるけどね」

　彼は自分の言葉に潜《ひそ》めた不気味な恫喝《どうかつ》の効果を確かめようと、娘を凝視したが、たちまち笑顔になって、

「ま、魂がないんで、何とも言えないやね。じゃ、黙って見ておいで。いまから一〇分間で、小父ちゃんは芸術を作ってみせる。大事な話はその後にしよう。邪魔をしないで黙って見てるんだよ。さ、立って――服をお脱ぎ」

　娘は操《あやつ》り人形のように立ち上がった。

「うーん。いいねえ。この前の娘とは雲泥《うんでい》の差だ。泣き喚《わめ》かれっ放しで、小父ちゃん、耳が痛くなっちゃったよ。少しも大人しくしてないし、罰として、舌を切り落としたら静かになったけどね。お嬢ちゃんはそんな心配いらないようだ。脱ごう!」

彼は腕を突き上げた。

それが空《むな》しく思えるほど、娘は静かに上衣を脱ぎ、ブラウスに手をかけた。呼吸をするような従順さは、男を少しいら立たせた。

一糸まとわぬ裸体がそれを忘れさせた。

「これがあなたを救ったんだよ、お嬢ちゃん。それどころか、魂なくして感動する奇蹟《きせき》を起こそうとさえしている。お嬢ちゃんは自分の価値を、小父ちゃんの彫刻ではじめて知るだろう」

彼は古い竹ベラを手に粘土塊の前に立った。

「さあて、お嬢ちゃん、その大きな瞳でよおく見とくんだよ。小父ちゃんの芸術家としての力量がどんなものか」

男の右手がかすんだ。強化処置を施《ほどこ》してあるとしか思えぬ神業《かみわざ》めいた速度であった。

見る見る人の形を整えていく粘土の山へ娘は黙然と顔を向けつづけていた。

「ほおら上がった」


と汗を拭いたのは一〇分と経《た》っていなかった。

ノックの音がドアを叩いたのは、そのときだった。

空虚《くうきょ》な表情が、ふっと現実に戻った。夢から戻された現実に、男は怒りを叩きつけた。

「――何の用だ？」

子分の声にはそいつにはあり得ぬ感情がこもっていた。

「……おかしな若いのが……ここにいる……抜け殻《がら》に……会いたい、と」

「てめえ――どうかしたのか？　なにうっ、、とりしてやがる？」

「いえ――あの……どうします？」

「とっとと追い返せ」

「わかりました」

男は娘の方をふり向いた。顔中に期待が煮《に》えたぎっていた。

それが凍結した。精神が微塵《みじん》に砕《くだ》け散《ち》るほどのシ

ョックが男を襲ったのだ。

男の芸術を見つめる眼差《まなざ》しは前と変わらなかった。

あってもなくても同じこと。

「お、お嬢ちゃんには小父ちゃんの芸術性がわからないのか!?」

男は絶叫を放った。それだけが絶望を救う唯一《ゆいいつ》の手段だった。反応はない。娘は虚空を見つめたままである。それだけが彼女の興味の対象なのかも知れなかった。

男は地団駄《じだんだ》を踏み、身を揉《も》みしだいて叫んだ。

「お願いだ。答えてくれたまえ。小父ちゃんは、魂を失った者も感動させ得る芸術をこしらえたつもりだ。なのになぜ無視する。お嬢ちゃんは焼かれたかったのか？　それを妨《さまた》げた小父ちゃんを怨《うら》んでいるのか!?　答えろ、答えなさい！」

男は立ち尽くす娘に駆《か》け寄《よ》って、その乳房を摑んだ。

娘は苦痛の表情を見せなかった。

「痛くないのかあ？」

するど、

「いえ、痛いわ」

おお！　と男は感動した。ついに意思が通じたのだ。

「痛いのか？　ならなぜ、そんな顔をして宙を眺《なが》めているんだ？」

「そういうものだからです」

「魂の問題か——なら、おれの芸術についても、理解はしているのか？　ただ口にしないだけか？」

「そうです」

娘はうなずいた。

「素敵な彫刻ですね。感動しています」

「本当にか？」

「はい」

「嘘《うそ》だ。そうは見えねえぞ！」

「魂がないと仰《おつしや》いましたよね」

娘は無表情に言った。

「ですが、感動も怒りも哀しみも私には以前と同じく感じられます。その彫刻は美しい。ですからそう申し上げているのです。他にどう言えばお気に召《め》すのでしょう？」

「嘘だ。その眼にも顔にも感動など兆《きざ》しもねえ」

「それは――」

娘は少し眉《まゆ》を寄せ、

「それが魂を失《な》くした、ということなのではないでしょうか」

「てめえ」

男は竹ベラを握り直した。メリメリと拳《こぶし》が鳴った。

娘の前まで来て、男はそれをふり上げた。

「ちょっと」

この声を聞いたのは、ふり上げた手首から突如、あらゆる感覚が失われた後だ。

男はドアの方を向いた。こちらからロックしてあったのに、黒ずくめの若者が立っている。背後のドアは閉じている。このくらい美しければ、ドアのほうで開いたり閉じたりするかなと考えた。

「安井《やすい》さん――秋と申します」

挨拶《あいさつ》されても、痛みよりも恍惚《こうこつ》のせいで、返事などする気にもなれなかった。

「そのお嬢さんの魂が戻りたがっています。返却願います」

自分の仕打ちなどどこ吹く風――というより自覚など皆無の言い草であった。

「ゲゲゲ」

と男――安井組長は呻《うめ》いた。

「ゲゲゲの女房」

「ゲゲゲイ……ジュ……ツ」

せつらは彫像を見て、

「よく出来ましたね」

「夢でも……見てるの……か？　おめえこそ……芸術……だ。だが……おれの……像も……認めてくれ……芸術だ……と」

「いまイチ」

せつらは断定した。美しい断定は常に非情である。

安井の両眼から涙がこぼれた。

「わかって……くれると……思ったの……に……おめえは……生きる……芸術だ……だから……おれの……芸術も……」

「それじゃ」

せつらはあっさりと別れを告げて、左輪に、

「行きましょう」

と言った。

「はい」

左輪は立ち上がり、服を着てから二人は部屋を出た。

「そうは……いかねえ」

金縛りのまま残された男の声に、怨《うら》みの陰火が点《とも》った。


「作品は……芸術家……と……一心同体……になる……それが……ルール……ルだ……おれが生命を与えた粘土の塊《かたま》り……よ……死ねえ」

最後は絶叫であった。正しく死を賭《と》した叫び——言い終えた途端《とたん》、安井の心臓は停止したのである。

同時に粘土の像の右手が、基台に放置された安井の竹ベラを摑んだ。


ドアを出ると、抜け殻の左輪は、まあとつぶやいた。

「安井組」のオフィスは血の海と化していた。紅《あか》い床に広がった首と胴体は一〇人分を超えていた。

「凄《すご》いですね」

と抜け殻の左輪が、ちっとも凄くなさそうに言った。

「いくら〈新宿〉でも、一〇人近い人たちが殺されたら大事件だわ。こんな殺し方——あなたの他にい

るんですか？」

「いえ、多分」

「じゃあ、警察がすぐ――」

「鼻薬」

「――ワイロですね」

「そうです」

「〈新宿警察〉はそういうことは一切受けつけない《アンタッチャブル》と聞いてます」

「気になりますか？」

せつらは血の流れていない部分を選んでドアの方へ向かいながら訊いた。

左輪も足下を確かめ確かめ、

「はい」

と応じた。

「ここへ来るタクシーの中で、こいつらの前歴を調べました。どいつもこいつも、ひとり四人以上殺してます。最低年齢は零歳《ゼロ》――生まれてすぐの赤ん坊の肝臓《かんぞう》を取りました。殺された子供たちの数は一〇〇人を超えます。金のため」

「それで大目に？」

「さあ。僕のほうから警察に、仕事以外の件で頼みごとをしたことはありません」

「もしも、警察があなたを意図的に見逃しているのなら、絶対に許すべきことではありません」

抜け殻の左輪は淡々《たんたん》と言った。

「でも、この人たち――いい気味だわ」

「どーも」

とせつらは言った。意味は不明である。

二人は部屋を出た。

廊下の端に、もうひとりの左輪が立っていた。

「あたしの魂？」

「そうです」

「やった」

安堵《あんど》の表情を浮かべた途端、左輪は左胸を押さえた。指の間から鮮血が噴き出して床を叩いた。

2

「……何よ。これ？」

左輪がこう呻いたとき、全ては終わっていた。

出て来たばかりの部屋で死んだ安井の首は飛び、粘土の像は崩れ果ててしまったのである。安井の首は、彼の仕業《しわざ》と見抜いたせつらの技だが、彫像のダウンは役目を果たしたのと、安井が死んだからだろう。

「大丈夫」

抜け殻の左輪と――せつらが声を合わせた。

「でも――心臓が。あたし――戻れなくなっちゃう」

「心臓無しで生きてる〈区民〉の数は、〈区役所《くやくしょ》〉の統計だと二〇〇人を超えてる」

せつらは、コートの内側から〈止血殺菌シール〉を取り出した。

「心臓は外《はず》れてるわ、すぐ手当てを受ければ何とかなる」

言い終えると同時に、抜け殻の左輪は床に崩れ落ちた。

「やだ。すぐ救急車を」

魂の左輪が身をよじるのを横目に、せつらは死の世界と化した事務所の玄関へと向かった。タクシーを拾うつもりなのである。

「まかせなさい」

声がかかったのは、事務所の中からであった。虫ケラ一匹残っていないはずだ。

せつらの妖糸は風に乗って、廊下の反対側のドアの前に立つ白い胸当て姿の男に絡みついた。

眼鼻唇耳《めはなくちびるみみ》の形と位置、筋肉の張り、髪の色、体毛と傷、痣《あざ》等の位置、心拍数、血流の音と速度――凄《すさ》まじい数の情報がせつらの指先へと流れ込んで来る。

ふり返る前に、せつらには、七〇過ぎの白髪《しらが》の老人だとわかっていた。灰色のシャツの上に、白い腿《もも》までかかる胸当てを着けている。白い？　もとは。今は血まみれだ。

「この前はタクシーも通らん。組員どもの車はあるが、時間的に交通渋滞だ。間に合わんよ」

「じゃ、どうすればいいの!?」

　魂の左輪は老人を見つめた。

「わしが助けてやろう」

「え？」

　これには、せつらの眉も少し動いた。

「一緒に地下の工場へ来なさい。わしはそこで、組員どもが運んで来た肉体の加工を行っている。イーストという者だ。人間の身体を扱うのは慣れておる。死人でも、生きていても、な。信じる信じないはそちらの勝手だが――さあ、どうする？」

　左輪の魂は、すがるようにせつらを見た。

「いいよ」

　せつらはすぐうなずいた。これが最良の手段と認めたのである。

「でも、失敗したら、あなたの首を貰《もら》っていい？」

「いいとも」

　イースト老人は激しく手の平を打ち合わせ、天国に辿《たど》り着いたクリスチャンのような笑みを見せた。

　背後のドアを開けて、地下へと続く階段を指さし、

「さあ、来たまえ」

　感激に震える顔へ、左輪の抜け殻を抱き上げてから、

「ひょっとしたら、あなたも芸術家？」

とせつらは訊いてみた。

「――よく訊いてくれた」

　せつらは少し天を仰《あお》いだ。

「この仕事に就《つ》いて三〇年になるが、わしほど誠実かつ実直、才能に溢《あふ》れた者はおらんと断言しよう。――さ、来たまえ。死体に手を加えるなど邪道だ、賤業《せんぎょう》だなどと決めつけてはならんぞ。どんな仕事

であろうと、他人《ひと》を感動させることができれば、それは芸術だ」

「――またか」

「――何か言うたか？」

「何も」

二〇段下りた下は、一〇畳間ほどのスペースであった。

病院で使うストレッチャーが、三台並んでいる。

「何よ、これ？」

魂の左輪が低い声で訊いたのは、突き当たりの壁に嵌《は》めこまれた三枚の鉄扉であった。真ん中のひとつが開いている。

向こうには炎が燃えていた。

「焼却炉だよ」

イーストは楽しそうに近づいて、扉を閉めた。

「あたしも焼くつもりなのね」

老人はしげしげと娘を見つめた。好色さなど一片もない、それこそ芸術家が最愛のモデルを選別するような真摯《しんし》な眼差しであった。

「いや、勿体《もったい》ない。こんな美しいモデルを焼くなんぞできるものか。ここへ招いたのは助けるためだ。どうせ、上の奴らとは縁切りだろうが」

「よろしく」

糸のような声で、ストレッチャー上の抜け殻の左輪が声をかけた。

「任せておけ」

イーストは両手を揉み合わせながら、せつらと魂の左輪に厳しい表情を向けた。

「出て行ってもらおう」

「え？」

魂の左輪が眉を寄せた。

「これからは芸術だ」

老人は天を仰いで叫んだ。

せつらは、またか、と思った。

「どいつも、こいつも」

「何か言ったか？」

「何にも」

「ならいい。出ていろ。こんな程度の傷なら、一〇分というところだ」

「わかりました」

あっさりと退《ひ》いたのは、無論、妖糸があるからだ。

「よろしい。素直な男は好きだ。人間、何処《どこ》かで他人《ひと》を信じなければ生きちゃいけんよ。わしの場合は、プラスこの天才もだ」

「はいはい」

素気《そっけ》なくうなずいたせつらの鼻先で、ドアが閉まった。

「大丈夫かしら？」

魂の左輪が不安そうに両手をこすり合わせた。

「大丈夫」

せつらの保証は、こういう場合、あまり頼もしくないから、左輪の表情はますます暗く翳《かげ》った。

しかし、それからせつらは何も言わず、イーストは言葉どおり、一〇分足らずでせつらたちを招き入れた。

抜け殻の左輪は安らかな寝息をたてていた。

服に血の染みこそ残っているが、イーストがブラウスを広げた下には、傷痕ひとつない白い肌が息づいているきりであった。

「どうだね？　連れて行きたまえ」

そっくり返って笑う老人へ、せつらは、

「どーも」

と言うしかなかった。糸は加工の模様も詳細に伝えて来た。これまでのせつらの経験からしておかしな動きは皆無《かいむ》であった。現に、左輪は静かに眠っている。

声をかけると、すぐに眼を開けて起き上がった。

動きに不自由さはない。

「これから、どうするの？」

魂の左輪が訊いた。

「〈メフィスト病院〉で」

とせつらは答えた。あの白い医師の下で左輪は一体化し、最終チェックが行われる。そこで異常なしと出れば、画商と画家のところへ出かけ、本格的な魂たちの奪還策を考える。ありと出たら、そのときのことだ。

後は円満に別れれば済む。

しかし、

「――何か？」

とせつらが首を傾《かし》げた。

「〈メフィスト病院〉へ行くのか？」

イーストは笑いをこらえているように見えた。白い医師と笑いを結びつけられる人間は、〈新宿〉といえどもひとりしかいない。その眼の前で、二人目が生まれたのであった。

「行っちゃまずい、と？」

「いやいや。面白いことになるだろうて」

にやにや笑いがドアを開けた。

「さあ、行った行った。幸運を祈る」

そのドアが背後で閉じてから、せつらは歩き出した。

「あれ？」

足は止まらない。

「どうしたの？」

魂の左輪が引きつった声を上げた。目下の頼りはこの美しい若者だけなのだ。異変が生じては困る。

「いなくなった」

「え？」

それきり無言でせつらは歩を進めた。イースト老人に絡めた糸が伝えて来るのは、忽然《こつぜん》たる消失であった。

血まみれの部屋を抜けて廊下へ出る前に、せつらは二人を止め、先に出た。

ドアの脇に老人がへたりこんでいた。何やら、タイプライターみたいに小出しに吐き出している。

「ひとひとひとひとひと殺し」

「そのとおり」

せつらは半ば狂乱中の老人の肩に手を乗せた。太い骨の手触りが伝わってきた。

「名前は？」

「イ、イーストだ――」

「ひょっとして、『加工士』さん？」

ようやく老人はせつらに顔を上げた。途端に恐怖は吹っとんでしまった。

「加工――士？　そうだ」

うっとりとうなずく顔へ、

「お大事に」

そう言って、せつらは廊下を歩き出した。

抜け殻の左輪を救った偽りの加工士は何者か？茫洋《ぼうよう》たる美貌は、それに気をかけている風には少しも見えなかった。


「おかしいわ」

と魂の左輪が口走ったのは、〈メフィスト病院〉へと向かうタクシーの車内だった。

「どうした？」

助手席のせつらがバックミラーを見た。

「なんだか、こう、引きずり込まれそうなの――身体へ」

「どうせ入るのよ。いいんじゃない」

これは抜け殻の左輪だ。

「リラックスなさい。緊張してるとしくじるわよ」

「そうそう」

せつらもうなずいた。

車は右へ折れた。〈靖国《やすくに》通り〉へ入ったのだ。後は〈旧区役所通り〉へ曲がれば〈メフィスト病院〉だ。三分とかかるまい。

「ありゃ？」

運転手が妙な声を上げた。

「どうしたの？」

せつらが素早く、あらゆる窓へ視線を飛ばした。

運転手は口ごもり、それからすぐ、

「こか、〈早稲田《わせだ》〉だ――何かやられましたよ、お客さん」

「大丈夫」

とせつらは応じた。

「〈メフィスト病院〉の〈救命車〉——呼べるね?」

「そりゃもう」

〈メフィスト病院〉が〈区内〉に走らせている〈救命車〉は一〇〇台を超す。怪我人《けが》・病人の収容が第一の目的だが、その呼び出し頻度《ひんど》が最も高いのはタクシーだ。強盗はもちろん、マフィアや〈区〉の悪人たちを乗せたら、いつ狙撃、爆破の運命が降りかかるか知れたものではない。そのため、タクシーには、スイッチひとつで〈新宿警察〉と最も近い〈パトカー〉〈救命車〉へと同時通報できるシステムが備わっている。勿論《もちろん》、個別に通報することも可能だ。

二分と待たずに来た。

せつらは不安そうな魂と抜け殻を降ろして、料金を払い、タクシーから〈救命車〉へ移した。


「これは——」

ドアを開いた担当医が、せつらをひと目見て唸《うな》った。院長との交友関係を知らぬ者はない。

「魂とその抜け殻です。合体しかかっています。病院で院長の診察を願います」

「承知しました」

どんなに奇抜な患者でも、〈新宿〉の医師は驚かない。

携帯が鳴った。

「サガンだ」

低い声が言った。前とどこか違うなと思いつつ、

「おかしな真似をするな」

とせつらは返した。突然の目的地変更は、サガンが描いた〈早稲田通り〉へタクシーが入りこんだせいに違いない。

「僕の居場所がどうしてわかった?」

「イーストに訊いた」

「あれは偽者だ。誰だい?」

「じきにわかる。すぐに会いたいのだがね」

「声が変わった――どうかした？」

「絵の腕が上がったのだ」

「ほお」

「その代わり、失くしたものもある」

「へえ」

茫洋たるせつらの返事に、わずかな変化が生じたのを、誰が気づいたか。

「とにかく、一杯飲《や》ろう。『マグナス』というバーで待っている。わかるな？」

返事を待たず、電話は切れた。

〈救命車〉の方を向き直ると、不安気な眸《ひとみ》が幾つもこちらを見つめていた。

「安心して」

とせつらは笑いかけた。ちっとも安心できない。

「行って下さい」

医師に告げると、二つの顔がこちらを見つめた。

「行って」

「――何だか心配で」

二つの顔はお互いを見つめた。同時に同じ言葉を放ったのである。手は互いの肩に触れていた。支え合っているように見えた。

「気にしてない」

せつらは軽く手をふった。

またね、と言うつもりだったが、何故《なぜ》か出なかった。

〈救命車〉が走り去るのを見送ってから、せつらは〈早稲田通り〉を指定された店へと歩きはじめた。

3

「マグナス」は、〈早稲田大学〉の近くに、ひっそりと蹲《うずくま》っているような店のひとつだった。

店の前には小さな広場のようなスペースが広がり、壁に付けられたムード照明の下で、数組の客が小テーブルを囲んでいた。みな若い。時刻から考えて学生だろう。あちこちの席から笑い声が上がった。

　店内には六人の客がいた。二つのテーブルにカップルがふた組、カウンターに二人。うちひとりが、こちらを向いて、よおとウィスキー・グラスを上げた。サガンであった。サングラスをかけている。

　バーテンはせつらを見た途端、硬直しっ放しだ。

　せつらは黙ってサガンの右隣りに腰を下ろし、

「腕を上げたって？」

「ああ。絵の師匠が訪ねて来てな」

「それで急に？」

「芸術というのは、そういうものだ」

「へえ」

「というわけで、今度こそ、君を描き尽くせる。覚悟はいいな？」

「いいですよ。けど、何か気になるな」

「何がだ？」

　じろりとせつらをにらみつけてから、サガンはグラスを干した。

「描き尽くしたら、僕はどうなりますか？」

「わからん」

「――じゃ困ります」

　サガンは宙に眼を据えた。

「正直に言うと、絵の中に魂を吸い取ってしまう――これはリラン・デュニスの場合と同じだ」

　来たな、とせつらは思った。サガンの力を借りる条件だ。手は考えてある。

「だが、おれの場合、もっと面白いことになりそうだ。絵だけじゃ済まないだろう」

「どうなるの？」

「これも正直なところやってみなくてはわからんが――魂を封じ込めることが可能な以上、その上のレベルとなると――」

　サガンの唇が、ゆっくりと吊《つ》り上がっていった。せつらの眉が寄ったほどの不気味な笑顔が出来た。

「実は道具を用意してある」

と魔法の画家は言った。

「今ここで描かせてもらいたい。君という描写不可能なモデルを描き上げたとき、何が起きるのか、胸が高鳴って止まらんのだ」

「お断わり」

「おれの仕事は果たしたはずだ。デュニスと会えたろう」

「でも、魂は戻って来ない」

「それは、そちらの仕事だ。おれは約束を守った。次は君の番だ」

「モデルになるのはいい。でも、魂を持っていかれるのは困る」

「だから、どうなるかわからんと言っているだろう」

サガンは右手をカウンターに叩きつけた。客たちがふり向き、バーテンが、はっという表情になる。

せつらの呪縛《じゅばく》が解けたのだ。

それでも、固く眼を閉じ、頰《ほお》を染《そ》めて、何にします？　と訊いた。

「ノン・アルコールのカクテル」

「ふん、ノン・アルコール？　死んでしまえ」

「芸術家はウィスキー？」

「そうだ。それも生《き》のダブルでいけ」

「やっぱり、ね」

「何がやっぱりだ？」

サガンの眼は据わっていた。

「――何杯目？」

とせつらはバーテンに訊いた。

「いえ、まだ一杯目で。シングルの三分の一しか入れてません」

バーテンの眼には軽蔑《けいべつ》の色があった。

「話が違うけど」

せつらの眼つきも少し鋭い。サガンはあわててそっぽを向き、

「芸術家にとっての酒は、そのモチベーションの炎をあおり立てる量があればいいのだ。おお、おれの

芸術家魂は、今こそ燃えているぞ」

「何でもいいけど、異常がないと保証してくれない限り、モデルにはなれない」

「貴様《きさま》——約束を破る気か？　許さんぞ」

「魂を売り渡す約束はしていない」

「卑怯者め」

サガンはわなわなと身を震わせ、せつらにとびかかった。

「おっと」

せつらはスツールから滑《すべ》り下り、左手の妖糸で宙に浮いた画家を受け止めた。

「うお⁉」

サガンは空中で直立不動の姿勢を取った。せつらの妖糸に緊縛《きんばく》されたのである。

「貴様、放せ」

「駄目」

せつらは、素気なく——というより呆気《あっけ》なく言った。

「普通のモデルでいいかな？」

「ならん」

サガンは空中でじたばたしながら喚《わめ》いた。

「じゃ、仕様がない。このまま〈メフィスト病院〉へ行ってもらう」

「——なに？　貴様、約束を破ったうえに、あんな捕虜収容所へ連れ戻すつもりか。貴様はナチか？」

ぐえ、と言い遺《のこ》して画家は白眼を剥《む》いた。せつらが妖糸を絞ったのである。

「お待ち」

うっとりとバーテンが置いた赤紫のグラスを手に取ったとき、せつらは異常に気がついた。

客たちが全員、席を立ったのである。

素早くひと口飲ってから、サガンの懐を探って、丸めた札束から一万円札を一枚抜いてテーブルへ置き、

「お釣りの分は、今度来たとき飲むから」

せこいことを言ってドアへと歩き出した。虚ろな

眼つきのサガンが後を追う。

急に眼の前でドアが歪《ゆが》んだ。

否《いな》、店自体が水に落とした絵具のように溶けはじめたのである。せつらとサガンの頭上に、天井が溶岩のように垂れてくる。

壁と混じったドアの表面に、一瞬のうちに四角い穴が開いた。

せつらが駆け抜け、サガンが続く。

「逃げられやせんぞ」

と画家は憎々しげに言った。

「おまえは、わしの世界へ入ったのだ。芸術というものが、凡人にとってどれ程危険なものか、その身で味わうがいい」

ぐえ、とまたもや白眼を剝かせて、せつらは素早く〈早稲田通り〉の方へと歩き出した。

外で一杯飲っていた連中が立ち上がるや、走り寄って来た。その顔も手も軟泥のような皮膚を路上にしたたらせている。


「助けて」

悲痛な声が、路上にわだかまる色つきの泥から聞こえた。

――まともな人間だったのか
せつらは妖糸を絞った。

激痛を凌《しの》ぐ激痛に、サガンは覚醒《かくせい》した。

呆然《ぼうぜん》と見つめる半狂乱に近い表情へ、

「人間を絵にしたの？」

とせつらは訊いた。

「そう……だ……これが……今のおれの……実力……だ……大人しく……モデルに……なれ……でないと……みな……溶かして……やる……」

「僕もしてみるか？」

せつらは汗まみれの白い顔を覗《のぞ》きこんだ。

「……できん……おまえは……モデル……だ」

「――なら無意味な脅しさ」

「貴様……彼らを……見殺しに……？」

「あなたの胸が痛むだけ。ほら、みんな溶けていくよ」

サガンは世にも美しい若者を見つめるしかなかった。平凡な人間が大悪鬼に向ける眼差しであった。

「わかった。彼らは元に戻そう。その代わり――」

「駄目」

「モデルになれ。普通の絵に仕上げてやる」

「えらそうに」

「きえ……仕上げ……る……」

「――普通に？」

「そう……だ」

「わかった。じゃあ、みなを戻して」

「部屋へ……戻らなきゃ……ならん。パレットも絵具も……みな……あそこに……」

「じゃあ、これから行こう。上手《うま》く描いて」

わからない。その辺のこの若者の心理は見当もつかない。彼を見つめるサガンの顔も表情も同じ内容を告げている。

――この若いのは、人間《ひと》か魔か？


と。

アパートの部屋へ入って、せつらがドアをロックするなり、サガンは自由になった。

痛みが全くないことに彼は驚き、これまでの出来事は夢ではないかと疑った。

痛みが人間の耐え得る限度を越えると、こうなることがあるらしい。

「そうとも、おれは何度も経験があるんだ」

サガンは激しく胸を叩いた。

「走りつづける人間が、苦しみの限度を越えたレベルへ突入すると、急に呼吸も楽になり体力が戻る――いわゆるランナーズ・ハイだ。これが絵描きの世界にも起きる。芸術に従事しているものに限るがな。疲弊し、絶望し切った五感が、突如快楽の園に突入する歓喜を満喫するのは、芸術家だけに許される特権だ」

完全に自己陶酔《とうすい》に突入した画家を、

——縛られてただけだけど
と思いながら眺め、せつらは窓の縁に腰を下ろした。

「まず、さっきの連中を元に戻して」

「君を描いた後で充分間に合う。安心しろ」

「よし——ここでいいかな？」

突然、サガンは我に返った。

せつらをふり返り、ようやくこれから起きる出来事を理解した。

「いいとも——おお、いいとも。そのまま動くな」

「ポーズはどうする？」

「動くな、と——いや、好きにしろ。君なら何をしてもいい。どんなポーズでも芸術に仕上げてみせるぞ」

「そう？」

せつらは納得し、足を組み換えた。

「どう？」

すでにサガンは部屋の隅《すみ》に置いてあったキャンバスを広げ、パレットに絵具を絞りはじめている。

「ああ、いいぞ」

「こっち見たら？」

「何でもいいと言ったはずだ。邪魔をするな」

「帰る」

「ま、待て——わかった。足はそう組んだままでいい。手はそうだな、左を腿の上、右は自然に垂らせ。そうだ。それでいい。充分だ。後は——動くな」

「脱いでもいいけど」

「要《い》らん」

せつらは沈黙した。地の底で巨大な震動が生じたような静かで重い声音であった。

——やりそうだな
ふと思った。

ある意味、サガンはもうせつらのことなど考えていなかったかも知れない。

彼はパレットに溶かした油絵具を、思いきり筆になすりつけ、その思いもろともキャンバスに叩きつけた。

第六章　画家の血戦

1

画商は、世にも美しい若者を呪っていた。胸中の怨嗟《えんさ》は炎火《かげろう》と変わり、今にも唇から迸《ほとばし》りそうで、こらえるのに汗まみれであった。

原因は彼のかたわらでベッドに横たわり、一時間近く呻きっ放しの画家であった。

画商にはどうすればいいかわかっていた。だから、椅子にかけ、植木のような手を握りながら、こう嘆くしかないのだった。

「おお、デュニス、リラン・デュニス——我が愛《いと》しの画家よ。早く回復しておくれ。おまえは一滴の血も流してはならん。地に落ちれば、それはおびただしい真紅の薔薇《ばら》と化して、俗人どもの眼を楽しませるだろう。汗の一滴も落としてはいかん。それは湖となって凡人どもの健康に寄与《きよ》するからだ。代わりにこのわしが——ピエール・ランジュが血を流し汗を落とそう。わしの血は肥沃《ひよく》な土地を腐敗させ一万年もの間、人間が入れぬように変えてしまうだろう。わしの汗は生命溢れる海を毒水に変え、泳ぐものすべてを即死させずにはおかん。ああ、この心根の卑《いや》しさよ、わしはなぜおまえのような至高の芸術家といられるのだ。責めてくれ、苛《さいな》んでくれ。わしをどぶの中を這《は》いずり廻《まわ》るのがふさわしい俗物と罵《ののし》ってくれ。そうやっておまえが甦《よみがえ》ってくれることをわしは祈る。天の神に地の悪魔に。いつもいつもそうして来た。それなのに今回はなぜ眼醒《めざ》めぬ？　ピエールよ、なぜトーストは焼けたかと訊いてはくれぬ？　屑絵《くずえ》の売り値など口にするなと叱咤《しった》してくれぬ？　わしは——わしはどうしたらいいか、進むべき道を教えてくれ」

軽トラックのアトリエに、画商——ピエールの声は空しく鳴り響いた。

空しい？　人間の行為にはそれしか許されていないのではないか。今のピエールこそ真の人間であった。

「わしが教えてやろう」

「おお、リランよ、リラン・デュニスよ――」

そして、ピエールは背後へ眼をやった。

ドアの前に立つ小柄な老人を見つめて、

「はて――どこぞやでお目にかかったことがあるような、ないような」

鍵《かぎ》のかかったドアをどうやって抜けたのかも、気にならないようである。

「ふむ、まだ苦しんでおるか。ま、封じこめた生命ひとつとはいえ、取り戻したのだから、仕方がないといえば仕方なかろう。だが、このままでは――心臓が持たぬぞ」

「それが悩みです」

老人が全てを知っていることが、気にならないのか、ピエールよ。

「では――わしが治してやろう」

「え？」

と言ってから、ようやく日常が戻って来たらしく、ピエールは、

「どちら様ですか？」

とフランス語で訊いた。この国の言葉も流暢《りゅうちょう》にしゃべる相手なのに、なぜそうしたのかはわからない。

「ドクトル・ファウスト――メフィストとサガンの師匠じゃよ」

ぺん、と平手で光りかがやく額《ひたい》を叩いてみせた。自分が打たれたような気がして、ピエールはおでこに手をやった。その手が震え出すまで一瞬であった。

「ド、ドクトル――ファウスト？」

「存じておるだろうの？」

老人は歯を剝き、低く唸った。

「ファウスト学園の名を知らぬ者などおりません。ああ、主よ感謝いたします。深い絶望の中にこそ希望はある――聖書の言葉は正しかった――お願いい

たします、この通り」

ピエールはひざまずいてから手の指を祈りの形に組み合わせた。

「よいとも」

老人はうなずいた。ああと嘆息《たんそく》してからピエールは、

「しかし——何故ここへ？」

最初に会ったときにすべき質問をピエールはした。

「わしの弟子たちが、おまえと接触しておるらしい。しかも敵対行動を取ってな」

「サガンはともかく、ドクター・メフィストは目下のところ、敵とはいえません」

「じきにそうなる。おまえたちが秋せつらとやらを求めている限り、な」

「ドクトル・ファウストならば、私らの動きを全て承知でも不思議はありません。しかし、秋せつらの名前までご存じとは……」

「メフィスト学園は、世界を見る者たちを育てるのを目標にしておる」

老人は今までピエールが好きにしていたデュニスの腕を取った。

「もっとも、それを叶《かな》えてくれた逸材は、十指にも満たん。メフィストはそのかがやかしいひとりだ。サガンはあと一歩だった。わしはこの手の主のことも知っておる。入園さえしておれば、或《あるい》は、な。だが、かくも選ばれし者たちの集《つど》う戦場が、このファウストを引きつけぬはずがない。かくて、老骨に鞭《むち》打ちつつ、この奇妙な、呪われた、愛すべき街へとやって来たわけじゃ」

訥々《とつとつ》と語るファウストの姿は、むしろ田舎《いなか》から出て来たばかりの老観光客だ。それを見る画商はいつの間にか骨の髄《ずい》まで凍りついていた。

「いや。中々に面白い。さすがはわしの認めた面子《メンツ》が揃《ぞろ》いだ。これは見ているだけでは勿体ないと、わしの面白がりの血が疼《うず》きはじめたのよ。面白がりの意

味がわかるか？　どんなに奇抜な出来事でも、後から見れば、不思議と起承転結の首尾が整っているものだ。わしはそれを許さぬよ。このわしが関わった事件事象に凡俗の衆が成程《なるほど》、面白いと納得してしまうお体裁《ていさい》を据えて堪《たま》るものか。何もかも、関わった者たちがこんな筈《はず》はと想像もつかぬ方向へ進めてやる。定番とやらを全て狂わせてやる。そのつもりでわしは〈新宿〉へやって来た」

「すると……」

ピエールは歯が鳴っているのを感じた。声は震えていた。舌はよく動かない。

「ここへいらした理由は……？」

「勿論、おまえたちを含む今回の戦いを混沌《こんとん》へ落とし込むためよ。まず、教えてやろう。この天才画家の愛しいモデルはいま、〈早稲田〉にあるアパートの一室で、別の画家――サガンのためにポーズを取っておる。先を越されても良いのかな？」

それから老人は、細い腕への愛撫《あいぶ》を止めて、ほお、と言った。

彼の右手首には、白く細い指が鋼線《こうせん》のように絡みついていた。

「よいよい、嫉妬《しっと》に眼醒めたか。おお、これ、骨まできしむ。いや、愛しさとは殺戮《さつりく》の別名じゃ」

「リラン……」

とピエールが呻いた。

瀕死《ひんし》の画家は、死の淵《ふち》からゆっくりと上体を起こしつつあった。

「私は……地獄へ……落ちつつあった」

痩《や》せこけた画家は、さらに痩せた頬を震わせながら言った。青白い顔はさらに色を失い紙のように見えた。唇のない口が魚のようにぱくぱくと開いた。眼だけが異様な光に溢れていた。それは一度、死の水に漬かった者が、ふたたび生きんとふりしぼる気力の証《あか》しだった。

「……そこで……あなたの言葉を聞いた……一から十まで……死なない……ピエール……私は死なない

……絵師として生まれた私の運命に賭けて……あの美しい男を……秋せつらを描き尽くすまで死にはしない」

「……リラン」

と洩《も》らしたきり、ピエールの舌は次の言葉を忘れた。

デュニスを知ってからはじめての混乱が、狂おしい歓喜のごとく彼を包んでいた。

――起きるな。リラン
と彼は絶叫したかった。

いま甦れば、おれもおまえもドクトル・ファウストの術中に陥るだけだ。その先に何が待つか、考えるだけでも怖《おそ》ろしい。

そう呻くかたわらで、

――立て、リラン
と促《うなが》す声も聞こえた。

そして、ドクトル・ファウストの目論見《もくろみ》を打ち砕くのだ。リラン・デュニスの絵画は、得体の知れぬ老爺《ろうや》の言いなりになどならんぞ。わけのわからぬお節介屋、トラブル・メーカーの浮ついた企《くわだ》てなど、おまえの絵の前で粉塵《ふんじん》と化さしめてしまえ。

「ドクトル・ファウスト」

リラン・デュニスが言った。

「僕をそこへ、連れて行け……秋せつらのいる場所へ」

「よいとも」

この老人はそれを待っていたのだ。満面の笑顔がそう伝えている。なんと邪気のない――なんと邪気に満ちた笑顔。

画家がベッドを下りて着替えはじめるのを横目で眺めつつ、老人は上衣の内側から絵具のチューブを取り出して、ドアの表面に中身を押し出した。

確かにドアとは別の色だったが、表面に触れると同じ色になった。

それを塗りはじめたのは、いつの間にか老人の手にした平筆であった。

「よし」

と身仕度を整えたリランがうなずいたとき、

「よし」

ファウストの引いた筆の先には、忽然と——

何もない。

ドアはそのままここにあった。

しかし、

「粗《あら》すぎですよ、ドクトル」

リランの声には軽侮《けいぶ》の響きが強い。

「やはり——リラン・デュニスの眼はごまかせんな」

老人はバツが悪そうに坐《すわ》って、それでもドア・ノブに手をかけた。

「つながっておる。行こう」

ドアは開かれた。

その向こうで、キャンバスから眼を離したばかりの男の顔が、ぼんやりとこちらを向いた。


サガンの集中力は途切れたばかりだった。

彼は自身にも強《し》いた覚えのない苦行に身を灼《や》かせていた。その結果、張りつめた精神は狂気の領域に触れ、肉体は疲弊の極みに達する寸前であった。

キャンバスから身を退いたのは、死と狂気を怖れる魂の指示であったのかも知れない。

何とはなしに壁の方を向いた眼の中に、あるはずもない鉄のドアと、そこから出てくる三つの人影がゆれた。

誰だ？　と問う力も出ないうちに、

「あれ？」

と窓際のモデルが声を出した。

「久しぶりだの」

「いやはや」

「お邪魔する」

ぞろぞろと入って来た。

「ティーはあるのか？」

「わしが淹《い》れましょう」

「私はコーヒーのほうが」

うろうろしはじめた。

「ドクトル・ファウスト——何用です？」

さすがに、サガンが茫然《ぼうぜん》と尋ねた。

「気にするな、わしはじき失礼する。後はみなで話をまとめるがいい」

「——しかし、よりによって、こんなときに——ドクトル、秋せつらの肖像画、あと一歩で完成いたします」

「ほお」

と感心したのはファウストばかりで、背後の二人は凄まじい鬼気を放った。

「今度は敗《ま》けんぞ、サガン」

痩身《そうしん》を憎悪の思念で包むリランを、狂《くる》い絵師は、ようやく気力を取り戻した嘲笑《ちようしよう》で迎えた。

「雪辱戦《せつじよくせん》というわけか。おお画商も一緒とはな。ドクトルの助けを得なければここへも来られなかっただろう。こんな奴らが、このサガンに勝利などと片腹痛い」

「その絵を焼き捨てろ、サガン」

リラン・デュニスが歯を剝いた。

「そして、改めて私と勝負しろ。賞品は彼だ」

ふり向いた先で、世にも美しい顔が軽く会釈《えしやく》してみせた。

2

四対《つい》の視線は鋼《はがね》の強靭《きようじん》さを備《そな》えていた。注視された者が同じ数の血を流して息絶えてもおかしくはなかった。

「どーも」

このひとことで全てが解決した。

ファウストを除く三人は——いや、ファウストでさえ、頰を桜色に染めているではないか。

「リラン・デュニスとサガン——どちらかは描けると思ったが、やはり無理かも知れんな」

愚痴《ぐち》のごとき物言いに、画家たちは憤然《ふんぜん》と反旗を翻《ひるがえ》した。

「ドクトル——お言葉ですが、撤回願いたい」

とサガンは歯を剝き、

「とっとと失《う》せろ、死に損《ぞこ》ないめ」

これがデュニスの言葉とは。画商は眼を剝いた。内容もそうだが、向けた相手の報復を怖れたのである。

だが、ファウストはにやにやと、

「撤回などしやせんよ。わしは客観的な判断を欠かさぬだけだ。しかし、この世にこれほど美しい男がいるとは、な。メフィストという男は知っておるが、いや、綺麗《きれい》なもの、美しいものは何人見てもいい」

「邪魔をするな、デュニス」

ようやく相手を絞《しぼ》ったサガンが憎悪に満ちた声を絞り出した。それに軽侮が加わった。

「また敗《や》られたいか?」

「調子に乗るなよ、サガン」

と返したのは、ピエール・ランジュであった。

「いま、デュニスの絵を買っているのが誰か、まあ、知りはせんだろう」

「おかしな噂《うわさ》だけは、忌々《いまいま》しい捕虜《ほりょ》収容所にいても入って来るわい。くくく、お客は選ばんとな、デュニスよ。ひとつ教えてやろう。こんな、売り先も考えつかん画商とは縁を切って、まともな相方を選べ。おまえ程度の絵でも、表の世界では充分、国宝級の価値がある。金だけで満足せい。なまじ気を入れるから、魂などを吸い取り、厄介事《やっかいごと》が芽を吹くのだ」

「いつから口が巧《たく》みになった、サガンよ? 絵画芸術はキャンバスの上で決まる。さっさとそれを焼き捨て、このモデルを渡せ」

せつらのことである。当人は知らんぷりだ。

「真《ま》っ平《ぴら》ごめんだな」

サガンは嘲笑《ちょうしょう》した。

「わしが何のために生まれて来たと思う？　それに気づかずに、わしは懊悩《おうのう》し、狂気に陥《おちい》り、憤激《ふんげき》の絵筆をふるって町を描き替え、人々を消し去り、ついにはあの忌わしい〈特別病棟〉とやらに入れられた。あの内部でも狂気は熄《や》まなかった。メフィストは知らなかったろうが、わしはあそこでも、世界を狂わせる絵の技法を獲得しつつあったのだ」

ここで彼はひと息入れてせつらを見た。

「全てが変わったのは、その若いのを見た瞬間だ。わしがこの世に生まれ出た目的がここにあった。はじめて、わしは神の存在を信じたとも。その美貌を描くときの手の震え、胸の高鳴り——よく死なかったものだ。だが、わしは未熟だった。いかに死力を尽くそうとも、この美貌をキャンバスに再現することが出来ん。完成した刹那《せつな》、絵は自《みずか》ら崩れ、わしを嘲笑《あざわら》った。その程度の実力で、本物の美を描く気か、と？　わしは死にたかった。この筆の柄《え》で両眼を突きつぶそうかとも思った。だが、そこへドクトル・ファウストがみえられた。そして——ああ、ドクトル、我が師よ、何故《なぜ》、こいつらを連れてみえられた？」

「おふざけよ」

老人は、ぺたんと禿頭《とくとう》を叩いた。

「そう簡単に夢を叶えては面白くあるまい。それに——ピエールとやら、そろそろ、おまえたちの顧客が騒ぎ出すのではないか？」

画商はひと廻り小さくなったように見えた。

画家が声をかけた。

「ピエール、どうした？」

「ほお、忘れてはいなかったようだな。わしにはわかるぞ、ピエール・ランジュ。あいつらは常に不満で、常に飢《う》えておる。常に——」

「やめろお！」

ピエールが老人をふり返った。普段の彼からは想像もつかない獣《けだもの》じみた叫びであった。

いや、手足には剛毛が黒々と波打ち、歯列は牙列《が》

に変わっている。昨日、チンピラどもを粉砕した獣化現象がまた再現されたのだ。

——絵を描く環境じゃないな
せつらはぼんやり考えた。

「闘《や》れ闘《や》れ」

サガンが無責任に手を叩いた。

「いいところを邪魔しおって。モデル以外の奴は、みんな死んでしまうがいい。デュニスよ、この男の姿を描けるのは、このサガンだけだ」

「私との約束を忘れてはいまいな、秋せつら」

リランが指さして叫んだ。

「僕は魂のひとつを解放した。それがどうなったかは訊かない。だが、約束は守ってもらうぞ。君はその老いさらばえた小男ではなく、僕のモデルになるのだ」

「そして、あいつらに魂を売りつける、か」

サガンはのけぞって笑った。

「おまえの商売については、我が師によおく聞いておる。近頃はあいつらも雑食性になり下がったのか？　いいや、そんなはずはない。あいつらは美食家に違いない。となれば、このモデルの魂を封じ込めた絵を、ひたすら待ち焦《こ》がれておるだろう」

ヘラヘラ笑いが深くなるのと呼吸を合わせて、リラン・デュニスの表情は——はためにはわからないが——異貌の衝撃と怒りとを煮えたぎらせていった。

「ピエール、おまえは——まさか」

画商は眼をそらせた。

「その可能性を私も案じなかったわけじゃない。魂を吸い取った絵。昔から人間の魂を欲しがるのが何かはわかっていた。だが、ピエールよ、それだけはよせと言ったはずだ。人間の魂を人間に売るのはいい。だが、あいつらはよせと。その魂は永久に救われないからだ。おまえもそうすると約束しただろう。いつから破っていた？」

ピエールは、少しのあいだ沈黙を維持していたが、やがて呻くように言った。

「人間の好事家《こうずか》どもに一〇〇枚売った報酬と奴らに一枚売った報酬が同じなのだ。一〇年前、ドイツのシュヴァルツヴァルトの宿を覚えているか。あそこでわしははじめてあいつらと会った。おまえの絵の評判を聞いて向こうからやって来たのだ。そして、わしは昔ながらの契約を結んだ。人間の魂ひとつと引き換えに果てしない富だ。わしらが死んでも、富はその子や孫、親族、それらがいない場合は、最も身近な人間に引き継がれる」

「金のために、そんな非道な真似《まね》を？」

リランの声は激しく震えていた。

ピエールは首を横にふった。

「違う。わしは自分のことなど考えもしなかった。わしはただ、おまえとの生活を考えた。いかに大天才リラン・デュニスといえど、あと一〇年の才能の維持は保証できん。二〇年先？　三〇年先は？　ひょっとしたら、あいつらが吹き込んだ考えかも知れん。だが、一度、不安に正気を奪われれば、それは果てしない連鎖反応を引き起こす。おまえが突然、描けなくなったら？　病いにかかったら？　手足が動かなくなったら？　別の画商が現われたら？　女が近づいて来たら？　わしたちの生活はおまえひとりにかかっている――そう意識した途端《とたん》に、わしは地獄を見た。そして、そこから来た連中と契約を結んだのだ。幸か不幸か、いかに、リラン・デュニスといえど、あいつらを満足させる絵は、これまで二点しかなかった。だが、奴らは満足した。そして、次の作品をと貪欲《どんよく》に求めた。ああ、リランよ、この点だけは、わしはおまえに赦《ゆる》しを乞《こ》わねばならん。わしは奴らと年に一作、奴らの芸術的意欲を満たし得る作品を提供すると約束してしまったのだ」

「ほお」

「へえ」

ファウストとサガンが、顔を見合わせてにんまりした。

「で？」

「次は――」

「いつ？」

二人は怪訝《けげん》そうに第三の声の主を見つめた。

せつらであった。

ピエールは沈黙した。死んでも言いたくないと横顔が告げている。この三人が強制すれば、本気でそうしたかも知れないが、四人目が登場した。

「答えろ、ピエール」

「リラン――」

画商は派手なジェスチャーで頭を抱えた。さすがフランス人である。

「おお、リラン。私のリラン・デュニスよ――答えさせないでおくれ。わしの人生は全ておまえに捧《ささ》げたではないか」

「ピエール」

これで画商は敗北した。

「半年先だ」

「なら、勿体つけず、しゃべったらよかろうが」

サガンが嫌な眼つきをした。

「それが、今朝《けさ》、奴らから連絡があったんだ。都合で契約を半年早めるとな。受け渡し期日は明後日の午前零時《れいじ》だ」

「おい、ピエール」

リランの呼びかけに、画商は悲惨な表情をこしらえた。怒号を浴びると思ったのである。

「私も何も感じなかったわけではないんだ。時折だが、妖《あや》しい空気がアトリエの周囲に立ちこめていたし、手ずから絵を届けた日は、戻って来たおまえの身体から妖気が漂っていたことも何度かあった。しかし、そんな契約が結ばれていたとは、ね」

ピエールは俯《うつむ》いた。

「それでは、新しい仕事を片づけてもらおうか」

「え？」

これにはピエールばかりか、残りの三人も驚いた。画家の声音には、はじめて耳にする異様な決意が漲《みなぎ》っていた。細い指がせつらをさした。

「僕に彼の絵を最優先で描かせるよう、そこの二人と交渉してくれ、期間は丸一日だ」

ファウストが、ほおと眼を丸くした。

「丸一日で、あいつらを満足させる傑作を物するつもりか。このファウストの経験でも、それが出来たのはひとりしか記憶にない。あれもわしの学園の出身であった」

「彼ですな、師よ、二〇世紀初頭のボストンに住んでいた——確かリチャード・アプトン・ピ……」

「だが、その男も奴らの世界に取り込まれ、今もそこにおる。リラン・デュニスよ、無理は禁物ということじゃ」

「苦悩しても無理などしませんよ」

と奇怪な画家は答えた。

「無理は凡俗の証しです。私は鼻歌混じりで彼の肖像画を描いてご覧に入れましょう」

ファウストはふり向いた。相手はサガンとせつらである。

「ああ言っておるが、どうするな?」

「どうもこうも、こいつらを連れて来たのは、あなたではありませんか? どういうお心づもりなのか伺《うかが》いたいものですな」

「ま、冷やかしじゃよ」

「やっぱり」

時と場所を考えろと一喝《いっかつ》すべきであったが、サガンにそんな気は毛頭なさそうであった。

「この私のために、メフィスト学園最高の描写力を与えていただいたところから、おかしいとは思っておりましたが。ドクトル、報酬はお支払いする約束でしたぞ」

「そうだ、な。で?」

「断わっておくが、おれは秋せつらを描いておった。その順序を破るつもりなどないが」

「そこを何とかお願いする」

ピエールが、鉄と鉄とがきしるような声を上げた。

「今日いちにち、彼を貸して貰《もら》いたい。でないと――」

「でないと?」

サガンは嘲笑った。いつもの彼と同じ笑いだ。だが、そうではないと気づいている人物が、ひとりだけいた。

「――それを聞かせてもらおう。契約が不履行《ふりこう》になった場合の罰則規定――奴らなら、昔ながらの収奪か?」

ピエールは唇を歪めてそっぽを向いた。

「ほお、顔色が悪いぞ。それに怒っておらんな。眼が宙を泳いでおる。頬もぴくぴくつっておる。これは恐怖だ。ふふふ、ピエールよ。おまえ、デュニスの魂を譲渡すると契約書に明記したな」

3

「…………」

「そうなのか、ピエール?」

リラン・デュニスが訊いた。咎《とが》める調子はない。

「そうだ。おれは、おまえの腕なら充分に奴らの要求をこなしていけると思ったんだ。今回のことは想像もしなかった」

「なら、期待に応《こた》えないとな」

リランの顔とはいえぬ顔をある翳がかすめた。微笑だったかも知れない。

彼はサガンを見た。

「僕からも頼む。今日と明日、秋せつらを貸してくれ」

「いいや、断わる」

サガンは舌を出した。のみならず尻を突き出し、「ペンペン」と叩いた。

「芸術家だ」

とせつらがつぶやいた。

それを聞きとがめたか、ファウストがちらと横目で見て、

「芸術にかかずり合っている輩《やから》がエゴイストなのは当然だが、こと絵に関してはその傾向が強い。モデル無しでは手も足も出ぬことに思い到らぬとはな。おまえはどちらのモデルになりたいかの、秋せつらよ？」

「振らないでくれ」

せつらは迷惑そうに返した。

「そうもいかん。わしの見たところ、この二人の絵師は、放っておけば殺し合いをしかねん。それでは絵画界における一大損失だ。片方は残したい」

サガンとリランが嫌な眼つきになった。

ファウストが派手に両手を叩いて、

「さあ、描くか描かぬかは画家の決定、描かれるか描かれぬかはモデルの決定。〈新宿〉一の人捜し屋、秋せつらが最後の籤《くじ》を引くぞ」

流れは一方的にファウストに向いていた。当事者たる二人の画家も完全に呑《の》まれている。

その中で、

「やだ」

ひと声、圧倒的な響き——と言いたいが、蚊《か》の鳴くような声である。

「どっちかに怨《うら》まれる。危ない目に遭《あ》いたくない」

「放っておけば、どちらも死ぬかも知れん。ま、切迫しているのは、デュニスのほうだろうが」

「じゃ、そっち」

「え？」

さすがのファウストも呆気に取られた。せつらは珍しく、力強くうなずいた。

「困っているほうを助ける」

「嘘をつけ。わしに責任を押しつけただけではないか」

せつらはそっぽを向いた。認めたようなものであ

る。

　ファウストは面白そうにその背を眺めて、

「とにかく結果は出た。サガンよ、これから秋せつらをモデルにするのは、リラン・デュニスである」

「納得できませんな」

　狂絵師が異を唱えた。

「彼は私のモデルであったもの。ここで横からさらわれては、創作意欲の中途遮断と、モチベーションの崩壊は否めません。つまり、私は二度と秋せつらの絵を、今の熱意を持って描くことができなくなりましょう。それは画家としての運命を断つのと一緒です」

「厄介なことを吐《ぬ》かしよる」

　ファウストは顎《あご》に手を当てて唸った。

「芸術的意欲の減衰こそ、最も怖るべき敵じゃ。しかし、デュニスにも魂がかかっておる。はて？」

「はい」

　四人の眼が声の主に集中した。

右手を肩の高さまで上げて、せつらは、

「あ、どーも」

と返した。

「解決策を見つけ出したのだろうな？」

　サガンが刺すような視線を浴びせた。ファウストは相変わらずのニヤニヤ笑いで、リランは沈黙している。

「勿論」

　せつらはうなずいた。珍しく自信たっぷりな動きである。

「聞きたまえ、諸君」

「こいつめ、思わせぶりな」

　とサガンが歯を剝いた。せつらは構わず、上げた右手をそのまま人さし指と中指を立ててうなずいた。

「君ら、一緒に描きたまえ」

　二人が憮然《ぶぜん》と、しかし、みるみる瞳に情熱と弱気の色彩《いろ》を留めて筆を動かしはじめて一時間ほどしたとき、廊下をやってくる足音がして、ドアの前で止まった。

気づいたのは、せつらだけである。ピエールは軽トラックに戻り、ファウストは、近くのコンビニで仕入れたジョニ赤の瓶《びん》を抱えてベッドにひっくり返っている。中身は八割残っている。意外と弱いらしい。

「あの」

せつらが知らせようと口を開くや、

「動くな」

リランの声がとんだ。

「でも」

「口を動かすな、この糞《くそ》モデル」

「あー」

「さっきから腹が減っただの、モデル料は幾らかなだの、気に障《さわ》ることばかり吐かしやがって。これ以上、邪魔したら張り倒すぞ」

せつらは、ふん、と鼻を鳴らした。

「やめよっかな」

と言った。

「ま、待て」

サガンは露骨にあわてた。いませつらの機嫌を損じたら、全て台無しだ。

「悪かった。続けてくれ」

「オッケ。ただ、誰かドアの外にいるよ」

「放っときたまえ」

黙々と筆を進めていたリランが言った。

「我々の世界を邪魔する者はいない。幻覚だ」

ノックの音がした。

「ほら」

「幻覚だ」

「指を動かすな！」

サガンが歯を剝いた。これで探索糸は使えなくなった。

――眼のいい奴だな

とせつらは思った。

「声出してもいいかな？　内部《なか》には入れないけど」

「駄目だ」

とサガンは喚《わめ》き、

「いいだろう」

とリランは認めた。

「どなた？」

とせつらはドアに向かって訊いた。ナイフ片手の殺人狂でもうっとりして、本名を名乗ってしまいそうな声である。

「契約期間満了が迫っています」

ドア越しの声は、二人の画家もふり向かせた。内容ではない。

「――何だ、あの声は？」

サガンの右頬は恐怖に引きつっていた。

「――人間じゃないな」

リランの声は震えていた。

「ピエールが契約した相手の使いだ。ドアを開けさせるな」

「わかった」

とせつらはリランではなく、ドアに向かって言った。

「期日は守る。いまそのための作業中だ」

少し間を置いて、

「証拠を見せてくれませんか？」

と来た。

「どうする？」

せつらの問いに、二人の画家は、一斉《いっせい》にかぶりをふった。

「駄目だそうです」

とせつら。

また沈黙。

ファウストが上体を起こした。

せつらの身体がこわばる。

魂までキャンバスに没頭させた画家たちだけが気づかない。

ドア・ノブがゆっくりと廻った。

「駄目だって」

せつらが繰り返した。

「見せて下さいな」

声はひどく細く、弱々しく、そのくせ威圧するような響きがあった。それに押されたかのように、ドアが細々と開きはじめた。

糸のような隙間《すきま》の向こうに、確かに黒い影が立っている。

「入ってくるけど」

画家たちには、せつらの声も聞こえない。彼らはすでに生も死も越えた境地に身を置いていた。

――危《ヤバ》い
ドアが閉まった。せつらの糸がドア・ノブと壁とをつないだのだ。

「――!?」

また開きはじめた。すっと肩が押し入った。濃紺のスーツを着ている。顔は見えなかった。

琥珀《こはく》色の液体が、ジョニ赤の香りとガラス瓶の破片をドアとその肩に撒《ま》き散らしたのは次の瞬間だった。

うわ!? と短く上がって、ドアは一気に閉じた。

「おい!?」

「どうした?」

画家たちの問いは、せつらに向けられたものである。ドア一枚隔《へだ》てての死闘は、その頭に片々も留まっていない。

前のめりに倒れかけたせつらの身体は、両手を天井に引っぱられるような形で、転倒を免《まぬが》れていた。

血の気を失った顔の中で、眼だけは開いてドアの方を凝視している。

「どうなった?」

声も頼りない。酔漢《よっぱらい》の子守り歌《ララバイ》のようだ。

「去《い》ったの」

鍵穴から外を覗いていたドクトル・ファウストが、こちらも珍しく安堵の声を洩らした。

「入れてたら？」

とせつら。

「わからん。奴らのやることは」

ひとつかぶりをふって、ファウストはしょぼしょぼと、ベッドの方へ戻っていった。

勿体ない勿体ないと愚痴《ぐち》りながら、ベッドに横たわる。

せつらは別の状況に巻き込まれていた。

大丈夫か？　と駆け寄った画家たちが、せつらの姿と顔を見た途端、不安げな表情を全く別モードに切り換えたのだ。

「はじめて見るぞ、こんなにも官能的な苦悶《くもん》」

とサガンが肩を震わせ、

「これだ、これこそ聖なる者がゴルゴダの丘で刑戮《けいりく》されたとき、十字架の上で神の名を呼んだ、その瞬間の表情だ」

リランは何度も頭をふった。

一斉にドアをふり返り、

「誰かは知らんが、感謝するぞ！」

せつらが、ああと洩らしたのも知らず、

「一生このままでいてくれ。それが駄目なら、せめて描き終えるまで、身じろぎひとつするな」

「その姿勢を維持するのに必要なものがあれば言ってくれ。絶対に回復するな」

――いい加減にしろ
と言ってやりたかったが、声は出なかった。

何かがせつらの中で失われつつあった。彼は必死でそれを食い止めるべく死闘を繰り広げていたのだ。画家たちを魅了した顔つきは、それが生んだものであったろう。

「とにかく動くな」

「顔を変えるなよ」

勝手な要求を繰り返しつつ、二人は声を合わせた。

「素晴らしい。本当《マジ》に魂を失いかけているようだ」

本当《マジ》だって。

第七章　顧客の死翼

1

　ここ数年来、「世界絵画販売シンジケート」最大の悩みの種は、リラン・デュニスとピエール・ランジュの仕事ぶりであった。

　彼らの製作、販売になる絵画が、旧来の古典を基礎《ベース》にした絵画の標準価格体系を、根底から揺るがしはじめたのである。

　最初は、ある放浪画家の絵が途方《とほう》もない値段で買われているとの、情報のひとつに過ぎなかった。シンジケートのトップは知らせを受けただけで、気にも留めなかった。

　次に注目したとき、十数点の新作それぞれが、ピカソやルノアール、ゴッホ等の巨人を凌駕《りようが》する値段で世界中に飛び廻《まわ》り、年に数点を買い上げる大富豪たちが、一点を購入するのがせいぜいと他の作品を買い控えたため、価格体系維持に必要な級《クラス》の高級絵画が不況を極め、ついに絵画売買にあってはならぬ価格破壊を惹起《じやつき》しはじめたのである。

　シンジケートは作者と接触を図ったが果たせず、ついに最高首脳部は、作者の抹殺《まつさつ》を決定し、全世界に刺客《しかく》が飛んだ。そして現在《いま》に到《いた》る。

　極東の浮遊国家に潜《ひそ》んでいるらしいとの連絡を受けて、まず日本支部が活動を開始、二人が〈新宿〉にいるのを確認するや、襲撃に移ったものの、あっさりと返り討ちに遭った。

　二人組の作品に奇怪な異世界の影がまとわりついているとの情報は、このときもたらされた。

　専門家が招集され、ひとつの結論が導き出されるのに時間はかからなかった。

　リラン・デュニスとピエール・ランジュが、現在製作中の作品より、さらに優れた——魂の深遠までを震わせる逸品を不気味な顧客に供給すればよし、さもなくば世界の破滅を招来しかねない、と。

　そして、シンジケートの誇る陽思考《ようしこう》コンピュータ

〝ピクチャー〟は、その絵画製作に必要不可欠なモデルをひとり選び出した。〈新宿〉の住人——秋せつらであった。

世界の命運を握ったモデルと画家が遭遇した瞬間を、幸運にも日本支部の息がかかった情報屋が目撃——ただちに刺客が放たれて——死亡した。絵具をたっぷりと肺と気道に詰《つ》めこまれての窒息死であった。

それきり、画家たちの行方は知れず、モデルのほうも失踪してしまい、支部長・黒沢が懊悩《おうのう》の極みにあったとき、ドクトル・ファウストと名乗る男からの一本の電話が、秋せつらは〈メフィスト病院〉の〈特別病棟〉にいると告げたのであった。

確かに秋せつらはいた。

彼を引き渡すよう黒沢は要求したが、白い院長は拒否した。コンピュータはミスを犯したのではないかと思わせる美貌の院長であった。

やむを得ず黒沢は全てを打ち明けた。

院長は、

「よくあることだ」

と答えた。

万策尽きた黒沢は、本部の指示を求めた。

〝ピクチャー〟はこの事態を予測していたと本部は応じ、すでに専門の暗殺部隊を〈新宿〉で待機させてある旨《むね》を告げた。

後は彼らにまかせよ。

黒沢は抵抗のしようもなかった。

その日の晩、〈早稲田《わせだ》〉のバー「マグナス」で、怪事が勃発《ぼっぱつ》したと、情報屋から暗殺部隊へ連絡が入った。

情報屋は目撃者を辿《たど》って、その事件の当事者二人——うちひとりは世にも美しい若者であった——のアパートを確認してあった。

零時《れいじ》少し前、黒いリムジンが二台、〈早稲田通り〉に停車し、六人のスーツ姿がアパートへ向かった。

彼らは携帯用の火炎放射器を武器に選んでいた。

「二人きりでしょうか？」

とひとりが指揮官に訊いた。

「だといいな」

「なぜ、火炎放射器を？」

「おれたちの給料は絵の売買だぜ。トラブル・シューティングにゃ、拳銃《ジョスレー》よりこいつだろ《スローアー》」

指揮官は、コートの上から、隠し持った五〇センチ足らずの武器を撫《な》でた。そのボディの半分を占める圧搾《あっさく》タンクに入った高熱化学燃料は、その炎の先が触れる前に、鉄でさえ溶けはじめるという。

狭いホールには人影が絶えていた。三階建てのためエレベーターはない。監視カメラはあるが、一同は気にしなかった。仕事が終われば、その足で羽田《はねだ》へ直行し、本国へ戻る手筈《てはず》である。後には炎と焼け爛《ただ》れた現場しか残らない。

一気に階段を駆け上がって、ドアの前まで走った。

先頭のひとりがドア・ノブにショットガンを向ける。二人が放射器のノズルを構えた。

一瞬の躊躇《ちゅうちょ》もない殺戮《さつりく》——上からの命令だ。

ドア・ノブの一帯が吹っとんだ。

「行けえ」

指揮官がまず突進した。

内側で散開せず、侵入した二人が火炎放射器を前方に向けて、引金を引いた。

ごお、と空気と炎が混じり合いながらオレンジ色のパンチを叩きつける。

すぐに気づいた。

——違う!?　ここじゃない！

背後でドアの閉じる音がした。外にいるはずの四人も内側《なか》にいた。

いや、その前に——そこは？

「ようこそ、我が病院へ」

炎を送りこんだ前方で、白い男が巨大な黒檀《こくたん》のデスクにかけていた。

殺人者たちは、その玲瓏《れいろう》たる美貌に脳を溶かした。炎もこの男ならよけて通るだろう。

「だが、礼を失した訪問は認めんし、無礼の報《むく》いは受けねばならん。その生命でな」

「焼け！」

と指揮官が命じた。

ふたたび炎が白い医師を包んだ。医師が両手を広げた。炎は千々《ちぢ》に砕けて、スタッフですらその場所を知らない〈院長室〉を彷徨《ほうこう》した。

「引け——間違いだ！」

ドア近くの隊員がノブを廻したが、びくともしなかった。安物の真鍮《しんちゅう》は、精緻《せいち》な彫刻を刻んだ黄金と化していた。

「焼けと命じてから、間違いだと言っても世間では通用するまい」

「ドクター・メフィスト」

と呼ばれた医師は静かに微笑《ほほえ》んだ。いつも人間離れしたそれが、今日は特別に不気味なのは、〈院長室〉のせいかも知れない。


「脳、肋骨《ろっこつ》、心臓、筋肉、——〈新宿〉の病院では中々手に入らぬものだ。それが沢山、向こうからやって来た。今日は良い日だ」

床に落ちたメフィストの影が男たちを黒く染めた。

彼が近づくにつれて、暗殺者たちはかん高い哄《こう》笑《しょう》が聞こえるような気がした。

悪魔の哄笑が。

メフィストフェレスの哄笑か。


「片づいた」

粗末な真鍮を握った手を放し、ドクトル・ファウストは、天井からぶら下がったような恰好《かっこう》の若者を見つめた。

「まだモデル稼業の最中だの。いやあ、新しい人生が開けるかも知れんな」

「どーも」

とせつらは挨拶《あいさつ》した。

「動くな」

「殺されるなよ」

どんどん凄《すご》みがついてきて、もはやサガンの声なのか、リランのひとことなのかわからない。

――でも、メフィストは怒っているかも知れない

せつらは唇だけを動かした。少し前に、あまり罵《ののし》られるので、そうやって悪罵《あくば》を返したら、ファウストが笑った。以来、使っている。読唇術というやつだ。

――ほお、このドアを奴の院長室へつないでみたが、知ってたか

――第六感

――そうだろう。でないと、おまえのような商売の男は、日に一回は殺されておるわい

――はは

笑ってごまかしたつもりだが、せつらにはそれこそ前途多難とわかっていたかも知れない。

それから一時間もしないうちに、まずリランが倒れた。

「心身ともに疲れ切っておる」

とファウスト。額《ひたい》に指一本当てただけでも、誰ひとり文句を言う者はいない。

聞こえよがしに、

「これでおしまいか」

途端に、リランは両眼を見開いて、またもキャンバスに向かった。

――もう、駄目じゃないのかな？

とせつらが声を出さずにペラペラやると、

――いや、前より凄いものが出来るだろう。それが芸術家じゃ

――へえ

血の気を失い、冷汗まみれで筆を動かすリランを見ているうちに、大概《たいがい》の人間は鬼気《きき》迫る迫力に打たれて、一種の感動に包まれるものだが、この若者はとっとと休むか死んでしまえとばかり、冷ややかな眼差《まなざ》しを送るだけであった。

とにもかくにも死にかかりながら、再開したと思いきや、今度は、

「けっ。だらしのない。芸術家の骨が通っていないない証拠だ」

と罵っていたサガンが、白眼を剝《む》いてぶっ倒れた。

「泡も噴いておるな。こいつも極度の精神集中の為《な》せる業《わざ》だ。このままでは死ぬぞ」

ファウストは嘆息《たんそく》し、

「つくづくと罪つくりな男じゃな、秋せつら。この世に二人しかおらん天才を廃人にしてしまうかも知れんぞ」

——運命運命
無表情だが、面白がっているのかも知れない。それでも、少しは気になるのか、

「病院へ入れたら？」

これを聞いた刹那《せつな》、白眼と泡が、かっと両眼を正常に戻し、泡を拭《ぬぐ》って、こちらも狂気の表情で芸術を再開した。

そんな画家たちに向かって、美しいモデルは、

——顔ひとつ描くのに、どれくらいかかってるのかな
——才能ないんじゃない
——諦《あきら》めて違う職捜したら
耳に入れたら自爆しそうな声なき痛打を浴びせかけるのであった。

そして、モデル開始から約五時間後——午前一時を廻った頃、ついに、

「能無し画家ども」

致命的なひとことを口にしてしまう。

さすがにまずいかなと思って見ると、二人は獲物を貪《むさぼ》る餓狼《がろう》のごとき勢いでキャンバスに挑んでいる。

「ここまで絵に没入すると、人間のいかなる言葉も耳に入らんよ。いや、大したものじゃ。わしも久しぶりに見る。これぞ真の芸術家の姿じゃ。これで描

き終えた途端に、筆を握ったまま死んでくれれば申し分ないのだが」

せつらは、じっと二人を見つめていたが、

「もうしゃべってもいい？」

この若者には、そちらのほうが重大なのだ。

ファウストは、つぶれたような表情になり、ついで吹き出した。

「――何か？」

「何かもへちまも――真の芸術家たちが心血を注いだその魂までを描き尽くそうとするモデルがこれか。死んでも死に切れんとはこのことだな」

「文句があるならやめるけど」

「わしにはあるが、彼らにはあるまい」

ファウストは、どことなく哀しげな表情で、画家たちを見つめた。

一心不乱とは少なからず万人の胸を打つ。何処《どこ》かもの哀しいからだ。

「ひと休みせい」

ファウストのひとことにも反応せず筆を走らせる男たちも、あーあと欠伸《あくび》してせつらがポーズを中断すると、その場に倒れて人事不省に陥《おちい》る。

「医者を呼んだら？」

「何にもならん。彼らを製作前の状態に戻すことはもう出来んよ。描き終えたらどうなるか――ふむ。しかし、どうなろうと彼らは満足するだろう。おまえも最後まで付き合え」

「そういう約束だから、いいけど」

茫洋《ぼうよう》と告げたとき、携帯が鳴った。

耳に当て、ひとこと、わかったと答えてから携帯を戻し、

「休憩を延ばせる？」

ファウストに訊いた。

「わしが再開というまでは、このまま仮死状態でいる。メフィストか？」

「当たり」

「あの男が、お茶でもと連絡してくるはずがない。

待とう」

「院長室とつないでくれます？」

「足を使わんと早く老《ふ》けるぞ」

2

タクシーをとばすと二〇分足らずで着いた。

受付は、うなずいただけでせつらを通した。

廊下を歩き、エレベーターで下降し、気がつくと黒い扉の前にいた。

「ようこそ」

と白い医師は、奥の大デスクのかたわらに立って迎えた。

そのかたわらに、Fの一〇〇号ほどもあるキャンバスが立てかけられている。

――こいつもか
せつらは胸の中で嘆息した。

「何がこいつもか、だね？」

「何でも」

おかしな医者だ、と思った。

「絵に凝《こ》っているとは知らなかった」

メフィストはわずかに眉を寄せた。

「三〇分ほど前、急に絵筆に手がのびた。描き終えてすぐ、君に連絡したのだ」

「一〇〇分で描いたにしては、大作だな」

キャンバスは、真っ赤に塗りつぶされていた。

「絵の才能を誉《ほ》めて欲しくて呼んだのか？　何を表現したかったか、訊《き》いて欲しいと見た」

「君が来る前に塗りつぶしたのだ。なぜか見せたくなくなってな」

「いい加減にしてくれ」

咎《とが》める眼差しのせつらへ、メフィストは静かに心臓を刺すような視線を送った。

「見たいかね？」

「――何を？」

「絵だ」

「真っ赤な芸術だ。素晴らしい」

　メフィストは、デスクの上に置いた瓶《びん》を手に持った。テレビン油である。無造作《むぞうさ》に美しく、彼は中身をキャンバスに浴びせかけた。

　赤い絵具は溶けた。

　その下から別の絵が現われた。これは溶けなかった。

「あれれ」

と秋せつらはつぶやいた。このときだけ、我を忘れていたかも知れない。

「描いたのは私か？　それとも――」

ドクター・メフィストの声は低く流れた。

　それは、せつらも見たことのある、〈メフィスト病院〉の屋上から、〈旧都庁《きゅうとちょう》〉方面を俯瞰《ふかん》した風景画であった。

　街並みを巨大な影が包んでいた。それには紅《あか》い眼が備わり、巨大な口から黒い牙《きば》を剝いて、〈新宿〉を呑《の》みこもうとしているのだった。

　せつらの第一声は、

「創造力が致命的に欠如《けつじょ》している」

であった。

「黒い奴のイメージが月並みだ。小学生でも思いつく。構図なんて、ここの屋上に一度上がれば、小学生でも思いつく」

　メフィストのことを知っている者がいたら、心臓麻痺《まひ》を起こすに違いない言葉であり言い草であった。

「今回、絵と来れば君だ。心当たりはないかね？」

「ない」

　せつらは嘘《うそ》をついた。一応は仕事のうちだ。企業秘密は守らなくてはならない。

「ふむ」

とだけ言って、メフィストは追及をやめた。他の人間相手なら、一瞥《いちべつ》で潜在意識の闇まで見透《みとお》す男だが、この人捜し屋だけは別だ。わからないのではない。わかろうとしないのでもない。わかるのが怖《こわ》いのだ。

「この類《たぐい》の絵を見た覚えは何遍《なんべん》もある。それが実現したことも、しなかったこともある。した場合も〈新宿〉も世界も破滅には到らなかった。これは予感だが——」

せつらの眼が光った。メフィストの言葉に何を感じたのか。

「我が筆——実現に到る」

とメフィストは言い放った。

「〈新宿〉はこいつに食い尽くされるだろう。断言しておく」

「おまえの妄想《もうそう》と〈新宿〉が食われるのと、どういう関係があるんだ?」

「君がサガンを連れ出したからではないかね?」

「——誰のこと?」

「〈絵画館《かいがかん》〉前では、見事に騙《だま》された。あのとき連行した君がまやかしだったとは、帰る途中まで気がつかなかったよ。一応、〈特別病棟〉には入れてあるがね。あのまやかし——私の病院の工場製かね?」

「正解。二年ばかり前に、一体作らせてもらった。料金は払ったはずだけど」

「確かにね。それに持ち出されたのもわかっていた。まさか、今回会うとは思っていなかった」

「さすが〈メフィスト病院〉製。作り主にも見抜けないとはね」

せつらは何度もうなずき、

「帰る」

と言った。

「国重さんに会ってはいかんのかね?」

「まだ、二人?」

魂と抜《ぬ》け殻《がら》と。

「融合《ゆうごう》しかけてはいるが、まだ少しかかる。ああいう状況ではいちばん多い事例だ。順調だね」

「よろしく」

「優《すぐ》れた絵は魂を吸い取る。リラン・デュニスにはそれが出来た。彼のモデルのひとりかね?」

「内緒」

これも他人の度胆《どぎも》を抜く――どころか、天地が逆転しかねない発言だが、メフィストは気にした風もなく、

「なぜ会っていかない?」

「さあ」

せつらにも良くわからないままだ。

そのとき、かすかな音が扉の方からやって来た。

「誰か来た」

とせつらが言った。ノックの音である。

ここまで。

〈メフィスト病院〉の――

〈院長室〉にまで。

「どなたかな?」

メフィストが訊いた。距離からして、到底《とうてい》聞こえるはずのない低声《こごえ》であった。

「そこにいらっしゃる御方《おかた》」

聞き覚えのある声であった。〈早稲田〉のアパートで聞いた。

「契約の満了期間が迫っております」

これだ。

「済《す》まんが、いま会見中だ」

メフィストが代理に立った。地上最強の代理である。

戦争しても勝てるな、とせつらは踏んでいたかも知れない。自分には傷ひとつなく。

「本当ですか?」

声は前と同じ口調で訊いた。

「なら、確かめさせて下さい」

「断わる」

せつらは扉を見つめた。

「へえ」

掛《か》け値《ね》ない感嘆《かんたん》の声が洩《も》れた。

扉と壁の間に、糸のような隙間《すきま》が生じていた。

「開いてる」

とせつらは言った。

「ファウストは、すぐ閉めたけど」

「あれでも師匠でな」

メフィストは大テーブルの花瓶《かびん》に手をのばし、白《しろ》薔薇《ばら》をひと枝折り取った。

「肩が出てる」

とせつらが口にした瞬間、メフィストは薔薇を投擲《とうてき》した。

枝は侵入者の肩に突き刺さった。白い花が咲いたように見えた。

「へえ」

もう一度、せつらがつぶやいたのは何故《なぜ》か。

扉の向こうのものは、肩を震わせて薔薇をふり落とした。

肩が戻った。

せつらはメフィストへ視線を向けて、

「開きっ放し」

と言った。

「ドクトル・ファウストは――」

そこで止めた。メフィストが静かに彼を見つめたのだ。ヤバい。

異様な臭気が漂《ただよ》って来た。

せつらが鼻口を押さえた。胃の腑《ふ》が悲鳴を上げているような嘔吐《おうと》感がこみ上げて来た。

「何だ、これは？」

鼻声であった。

メフィストは扉の前に立った。

その爪先《つまさき》寸前まで、生黒いコールタールを練《ね》り固めたような粘塊が流れこんでいた。悪臭の原因《もと》である。

「何だい？」

メフィストの三歩後ろでせつらが訊いた。

「多分――血だ」

メフィストはあっさりと口にした。

「へえ」

せつらは白衣の陰から出て、床に落ちた薔薇の一輪をつまみ上げた。

「こっちは、薔薇の香りが匂いを消してくれたのか」

手にした白いはずの蕾《つぼみ》は、葉脈《ようみゃく》のみならず、自《みずか》らを漆黒《しっこく》に染《そ》め抜いたのであった。

「強敵だね」

思いっきり嫌みったらしく言って、せつらは白い医師の出方を待った。

「残留物があって良かった」

これも嫌がらせだが、メフィストは無視した。もと白薔薇をせつらから取り上げ、じっと見つめると、いきなり左の二の腕に突き刺した。

これは予想していなかったらしく、せつらの唇は、へえと言った。

黒い薔薇は当然、その注目を浴《あ》びる。

すう、と色が変わった。

世にも美しい蒼《あお》い薔薇が咲き誇《ほこ》った。

せつらの興味は、メフィストの血の色にあった。

彼はまだ、この不可思議な相棒の血の色を見たことがなかったのだ。

「蒼い血か」

「混じり合っているぞ」

とメフィストが言った。

「そうか——黒に何を混ぜると紫になる？」

「君を愛する画家たちに訊きたまえ」

メフィストは薔薇を抜き取って握りしめた。

蒼い花弁はひらひらと床に舞って硬《かた》い金属音をたてた。

「蒼い鉄」

それは、せつらの足下にも散っていた。

3

メフィストの顔がわずかに動いた。それが正確無比に、二人の画家のいるアパートの部屋を向いていることにせつらは気づいていた。

「これから、私も製作の現場へ行かせてもらおう」

「サガン？」

「そうだ。まだ間に合うかも知れん」

「いいね」

とせつらはうなずいた。これで厄介《やっかい》な絵描きがひとり減る、くらいの感覚であった。自らの絵が世界にもたらす災厄への危機感——どころか責任感も皆《かい》無《む》だ。正直、もうサガンに用はない。依頼人の魂を所有しているのは、リラン・デュニスなのだ。

メフィストのいう「間に合う」の意味さえ、記憶から失われているに違いない。

「あの男——パワー・アップしたらしいよ」

メフィストがふり向いた。

せつらがはじめて見る眼差しであった。驚愕《きょうがく》。恐怖の色彩には達していないことが救いだった。サガンという画家が、魔界医師に手傷を負《お》わせた相手であることを、せつらは思い出した。

「ドクトルか？」

「ファウスト」

「あの方は——」

感嘆と諦観《ていかん》が混じり合った響き——他の人間なら、一生に何度も繰り返すそれを、いまドクター・メフィストが口にした。

——あの禿頭《はげあたま》、やっぱり危《ヤバ》かったかな
とせつらはこっそり考えた。

「まだ、彼といるか？」

「僕が戻るまで、みんなで休憩中。なんか、あの禿がのさばって来てから、色々と混み合って来たよ」

「あの方の考えは——」

「深くてわからないって言うな」

せつらは釘《くぎ》を差した。

「何もかも終わってから、こんな深いお考えとは——これで締《し》めくくるな。深いかどうか知らないけれど、あれは面白がってるだけだ。そして、世界はおかしな方向へ進んでいく。契約破りとか」

「リラン・デュニス」

「知ってたか。彼は契約を履行《りこう》できないかも知れない。そしたら、何が起きる？」

せつらは自分で驚いていたかも知れない。奴らとの契約を履行できなかった場合の罰則規定は、デュニスの魂の譲渡だと聞いたばかりだ。それなのに、なぜこんな考えが浮かんだのか。

「普通なら、魂を持っていかれる」

メフィストは、初講義に出た生徒たちを相手にするような口調で言った。

「恐らく、デュニスの契約もそれへ準じるだろう。だが、サガンが嚙《か》んでいるとなると、しかも一層、画力を増したとなると」

「禿頭もいるぞ」

「この際、我が師は関係がない——というより、大した影響がない。問題はサガンひとりだ」

ドクトル・ファウストに重きを置かない大事《だいじ》——せつらは何となく自己嫌悪を感じた。気がつかなかったなあ。

しかし、彼はこう訊いた。

「——で、どうなる？〈新宿〉は？」

世界もサガンもどうでもいいのだった。

「出かけよう」

白い医師は扉の方へ歩き出した。

宣戦布告のような気がせつらにはした。

空中から野太い男の声が院長を呼んだのは、そのときであった。せつらも知っている。副院長だ。

彼は重い声で言った。

「心霊科第三病棟から国重左輪氏が失踪いたしました」

「いつだ？」

「三分ほど前でございます」

訪問者が去ってすぐだ。帰宅前に廻り道をしたらしい。

「二人ともか？」

「いえ。抜け殻の氏は無事です」

「魂だけを持って行ったか——やはり、あいつらの手先」

「すぐ、保安課心霊捜査チームに捜査命令を出しました」

「わかった。勤務に戻りたまえ。適切な処置だ。君は間違っていない」

「ありがとうございます」


病院の玄関には、黒いロールス＝ロイスが差し廻されていた。メフィストの往診車である。

スタートしてすぐ、

「訪問者が君を捜しに来たのは何故だ？」

メフィストが、ぽつりと洩らした。

「モデルがいないと、絵が進まないわけだろ」

とせつら。メフィストは言下《げんか》に、

「彼らの目的は絵ではない。魂だ。従って、絵は描けないほうが望ましい。それなのにやって来た」

「じゃ、おまえが目当てだ」

当然、メフィストは無視した。

「次に、国重左輪氏をさらった。この理由もわからん。腹いせというのは人間の感情だ。君は焦《あせ》り、却《かえ》ってモデルの席に戻ろうとするだろう。逆効果だ。現に私たちは揃《そろ》って〈早稲田〉へ向かいつつある」

「あいつらでも、ミスはやる。案外《あんがい》、お人好しらしいぞ。〈早稲田〉にも来たし」

「君たちのところへか？」

メフィストが、せつらの顔《ほお》を見つめた。

この場合、どっちが先に頬を赤らめるか、誰でも気になるところだが、せつらはそっぽを向いて、そ、と言った。

「ますますわからん。彼らは契約を履行するために、不当な妨害工作はせぬ。実際、彼らとの契約はその殆《ほとん》どがスムーズに履行されるものだ。人間が不当だと騒ぐのは、大概《たいがい》の場合、やらずぼったくりを策す人間のほうに責任がある」

「嘘だね」

「本当だ」

「へえ」

せつらのへえは、白い医師のやらずぼったくり発言に驚いたのかも知れない。

「すると、二度のお邪魔虫は？」

メフィストは沈黙した。

「やっぱり――」

せつらは最後まで言い切ることができなかった。凄《すさ》まじい揺れが視界を三六〇度鮮《あざ》やかに回転させた。それは三度続いた。

二度目の始まりに、

「〈魔震〉かな」

とせつらは訊いた。

「そのようだね」

とメフィストは答えた。ここしばらくで最も穏当《おんとう》なやり取りであった。

せつらが出て行ってすぐ、昏倒《こんとう》中の画家たちは眼を醒《さ》ました。

食ってかかられる前に、ドクトル・ファウストはせつらはメフィストの下へ出かけたと告げ、途端に糸が切れた人形《マリオネット》みたいにへなへなと崩れ落ちた二人へ、妙なことを言いはじめた。

「なぜ、さっきの奴は契約履行前に顔を出した？」

約一時間後、白い医師も同じ問いを口にする。

「あり得ん話だ。明らかな契約違反だ。しかし、彼らがそんな真似《まね》をするはずがない。人間とは違うのだ」

虚空《こくう》の一点に眼差しを据《す》え、彼は二人に向かって、

「どっちでもいい。壁に通路を描け」

と命じた。

「自分が」

名乗りを上げたのはサガンであった。弟子としては当然の行為である。ここへやって来た時に描いたドアはもう消えている。

その木肌の艶《つや》、真鍮のドア・ノブと蝶番《ちょうつがい》のかがやき――どこから見ても本物としか思えぬドアが描

かれるまでに、一分とかからなかった。怖《おそ》るべき速筆であり、手際であった。

「二分で戻る」

ドア・ノブに手をかけ、ファウストは笑顔を見せた。

戻らなかった。

ドアは禿頭を呑んで閉じたまま。室内の動きといえば、瀕死《ひんし》の状態でソファとベッドに身を投げた画家二人の、その生命を維持しようとする体内諸器官のものだけであった。


長い夜だ、とピエール・ランジュは軽トラックの車内で思いつづけていた。奴らとの契約のことをリランに知られたときから、夜は永遠に終わりそうにない。

全ておまえのためだ、と言ってもどうにもならないことはわかっていた。愛の物語だなどというつもりもなかった。唯一《ゆいいつ》納得できることは、この手の物語のように、愛する者を死へと導いてしまった——それだけだ。

〈早稲田〉のアパートから戻って彼は足下に落ちている空となったウィスキーの瓶《びん》にすがった。五十度近いアルコールが老いた血管を灼《や》き尽くそうとしている。

おれも灼かれたい、と思った。

ただし、それは地獄の炎となる。

おれはリランを売った。肉体のみか魂までも。そのツケをどう払えばいい？

もはや彼だけの所有であったはずのものは、彼以上の魔人たちの掌中《しょうちゅう》に落ちていた。

誰が摑《つか》んだのか？

ドアが叩かれたとき、画商はグラスに残った最後の一杯を呑み干したところだった。

ドアを見た。

荷台の端——ドアというより鉄の扉だ。車内の絵は財産といってもいい。金額にすれば一〇億を優に超える。ドルで、だ。

最初は無視した。

窓にはシールドを下ろしてある。明りは一片も洩れない。音も同じだ。

扉は沈黙した。

ピエールは立ち上がった。

左足前へ。腰が前方へ大胆に曲がった。

右足前へ。顔と手から剛毛がせり出し、鼻面《はなづら》がとび出す。肉と骨の分かる構造は、徹底的な変化に耐《た》えている。

左足前へ。手足は指先で変化し、上体はかろうじて二本脚での限界位置に留まる。

耳まで裂けた口蓋《こうがい》からは、肉食獣の牙が並んでいる。

扉の真ん前で止まった。

低い唸《うな》りを吐《は》いた。

「――ど……な……た?」

と訊いた。唸りは混じっているが、かなりはっきりと聞き取れる人声だ。

「サインした方に会いに参りました」

若い女の声であった。

「こちらの危惧《きぐ》とそちらの対処法を話し合いたいと思いまして」

「帰……れ」

ピエールの口の端《は》から涎《よだれ》がしたたった。

上衣が黒く染まっていく。体毛が貫《つらぬ》いたのだ。

画商は半人半獣の精神《こころ》で驚いた。

――おれは、怯《おび》えているのか？

「開けて下さいな」

「……駄目……だ」

はっきりと、画商は恐怖を意識していた。

「私たちの契約の歴史の中で、ただひとつの汚点があるとお話ししましたね。同じ過《あやま》ちを繰り返すことは絶対に許されません」

「そんな……ことは……起こらん」

「いいえ。いかなる過ちも、無限回に一度は可能性として存在いたします。現にもう。しかも、当人は気づいておりませんが、また同じモデルとは。運命だけは、私たちにもどうにもなりません。あれは神だけのものでございます」

「……とにかく……」

「そちらで開けなければ、こちらでお開けいたします」

画商は両手の指を曲げて、威嚇《いかく》の姿勢を取った。鉤爪《かぎづめ》は二ミリの鉄板も打ち抜く。

だが、それをふるう気にはならなかった。

「……話を……聞こう……」

女はありがとうございますと言った。

「かつて、あのモデルを描いた画家は、絵の中に彼の魂を封じこめることに成功しました。私たちにとって、絵とはこれによって輝きます。画家の絵を所有することは、モデルの魂――美の本質を私たちのものにすることを意味しました。しかし、完成した絵は、違うと私たちに告げました。私たちにもすぐわかりました。なぜなら、完成できるはずがなかったから。私たちは画家に契約は履行させましたが、モデルは如何《いかん》ともし難く、放置するしかありませんでした。ですが、その美しさはいつまでも記憶に残りました。つまり、永劫《えいごう》の時間の中に。私たちに悲観は無意味です。過去は現在であり現在は未来であり未来は過去である。永劫を一望する一瞬の中に私たちはいます。ですから、今日のこの日が来ることを、とうにわかっておりました。今回、あなたと結んだ契約には、前回と異なり、絵の完成時点でモデルの魂も私たちのものになると明記されています。あなたがその旨、モデルにも了解させたとの一項とともに。ですが、前回絵は完成しなかった。今回、私たちは新しい画家の魂よりも、モデルのそれが目的です。二度の失敗は私たちの名に懸けて許されません。モデルの下へ顔を出したのは、あなたの一項が本物かどうか確かめるためです」

「……本物だ……」

「それは、あなたの言葉です」

「では、彼に問えば……いい……秋せつら……に……」

「彼は私たちに会うことを拒否しました。二度は行けないのがルールです」

「安心しろ……契約は守る……わしは……パリの占い師全員に……〈新宿〉で最高のモデルに巡《めぐ》り合える……と言われ……この汚怪な街へ……来た。占いは確かだった。おまえたちと……契約した後だった……から。正直……ほっとしたものだ……だが……はたして……デュニスの技倆《うで》を以《もっ》て……しても……あの美しさを……描写し切れるかどうか……」

「そこで、提案がございます」

　女の口調が少し変わった。

第八章　朱色《しゆいろ》の契約

ピエールは左胸を押さえた。緊張と恐怖に筋肉が固まってしまったのだ。

こいつらの提案――それは?

「契約の一部を変更したいという申し出でございます」

ピエールは軽いめまいを感じた。周囲は暗黒に閉ざされた。その中で女の声だけが異様にはっきりと聞こえた。

「……どんな……風に……だ?」

「あの一項――私たちに確認させていただきたいのです」

「もう……したはずだ……」

「付帯条項によって、一度のみは許可されています。ですが、もう出来ません。後は契約の当事者双方によって契約内容を変更するしかありません」

「わざわざ確認するためにか?」

「はい。それが不正条項であった場合――」

ピエールの心臓は停止した。

「あなたの魂に手はつけず、モデルがOKを出すまで、こちらで交渉する――これでいかがでしょう」

ふたたび心臓が鼓動を打ちはじめた。

「……モデルがノーと言い続けたらどうする?」

「そこはお任せ下さい。あなたにはご迷惑をおかけいたしません」

「リラン・デュニスはどうなる?」

「彼は無関係です。モデルの絵を完成させぬ限り、魂は私どもの所有になる――これは動きません」

「では、断わる」

「おや」

「モデルの魂を入手した場合、絵の完成未完成に関係なく、デュニスへの報酬とその身の安全は保証される――こう書き換えて貰《もら》おう」

「それ以上は受け付けられません」

「いいとも」

「承知いたしました。では、ドアを開けて下さい。変更完了いたしました」

「…………」

「サインを願います」

ドアを開けなくても、向こうがその気になれば訳なく開くのはわかっていた。

ピエール・ランジュはドアのロックつまみに手をかけた。生白い手であった。

彼は怯える画商に戻っていた。


「秋くん」

とメフィストが呼びかけたのは、〈早稲田〉へと向かうリムジンの中だ。

「はあ」

とぼけた声というより寝呆《ねぼ》けた声なのは、寝入り端《ばな》を起こされたせいである。

その鼻先に、

「これを呑みたまえ」

と白い繊指《せんし》が、長さ一五センチほどの針金を突き出した。

いつものせつらならひとことあるところだが、今回は、

「わかった」

あっさりと受け取り、あっさりと呑みこんでしまった。

ロールス＝ロイスは〈明治《めいじ》通り〉から〈早稲田通り〉へ入って右へ折れた。

深夜の二時近くだが、通りには結構人がいる。

「何か起きるよな」

とせつらが言った。問いではない。独り言に近い。

「間違いなく」

とメフィストは返した。

「例えば――通行人がみな絵になってしまうとか」

「あり得る。月並みだがね」

「危《ヤバ》い」

「そういう俗に堕《お》ちた表現はやめて欲しいものだな。それに、そんな現象は起こり得ない」

「どうして?」

「何の得にもならないからだ。彼らは人間の悪の源《みなもと》だ。欲望という一面でもな。いま、彼らが最も欲しいものは、恐らくリラン・デュニスよりも別の人間の魂だ。通行人を絵に変えても何の意味もない」

「それはまあ」

せつらは窓の外へ眼をやり、

「ところで、この件はどうすれば収まるんだ?」

と首を傾《かし》げた。

「僕に関しては、リラン・デュニスに絵の中に封じ込められた魂を探し出して、肉体に戻せばいい。しかし、デュニスのほうはそうもいかないようだ。あいつらが絡んでいては、ね」

「呑気な男だな」

メフィストの言葉よりも口調がせつらをふり戻した。

「何だよ、それ?」

「あいつらの使者がやって来たのは何故か、まだわからんのかね?」

「わからない」

「使者は二度、別の場所にやって来た。どちらにもいたのは、ひとりだけだ」

せつらは自分を指さした。

「そうだ」

メフィストはうなずき、せつらの眉を少し寄せさせた。

「僕とどういう関係がある? あいつらと契約なんかした覚えはないぞ」

「知らぬ間に出来上がっている関係というのもあるらしい」

「あいつらは一にも二にも契約だ。当事者の知らない契約なんてあるのか。他人のサインを黙認するような連中じゃないぞ」

「彼らと人間との契約は、人間の誕生と同時に、成立したと見ていい。その中で唯一の不履行があったと聞く」

誰に聞いたんだ、と思いながら、せつらは、

「どんな不履行だよ?」

「彼らの期待があまりにも高すぎて、不意を突かれたらしい。細《こま》かいことは知らんが、取るべき魂が指の間から洩れたのは確かだ」

「それと僕と――」

ここで気がついた。もう一度指さして、

「僕の魂?」

「そうだ。恐らくは正式な契約か、何処かに遺漏《いろう》があったものだろう。或《ある》いは単なる誤解かも知れん」

「誤解?」

「連中の誤解がどんなものかわからんが、ないとはいえまい。人間相手のことだ」

「いい迷惑だよ」

「やむを得まい」

「あれ?」

せつらの声に、やや緊張が混じった。リムジンがスピードを落としたのである。目的地まではまだある。

「どうした?」

メフィストの問いに、

「原因不明です。外的要因――超自然能力によるものと思われます」

「来たか」

メフィストの口もとをうすい笑みが走り過ぎた。

「さて、どう出るか」

これは人間にとって最悪の死闘のはずだ。しかし、この医師は微笑し、人捜し屋は茫《ぼう》と虚空《こくう》の一点に眼を据えている。

「歩こう」

運転手が外から開けたドアをくぐって、二人は路上に立った。その顔を見た通行人が次々と立ち止ま

り、ふり返――ることも出来ずに硬直する。

こういうときに溢《あふ》れる感嘆の声さえない。

月光が路上の二点にそのかがやきの全てを注ぎこみ、自身も恍惚《こうこつ》とそれを忘れ去った。

二人は歩き出した。

すぐに気がついた。

通行人が、みな二人と同じ方角を向いている。誰ひとり対向者がいないのだ。

若者も子供連れの夫婦も老夫婦も、みな二人に背を向け、或いは二人の背中を見ながら黙々と進んでいく。

「連れてくの？」

とせつらが小声で訊いた。

「いや。アトリエの場所くらい、とうにわかっている連中だ。目的は君だな」

「狙われる理由がないけど」

「勘違《かんちが》い」

「やれやれ」

「ねえ、お兄さん」

背後から声がかかった。老婆の声である。

「はい」

せつらが瞳だけ動かしてメフィストを見た。返事は彼がしたのである、せつらの声で。

『高田印刷《たかだいんさつ》』のアトリエにはこの道でいいのかね？」

「さて」

いつ覚えた？　とせつらは訝《いぶか》った。

「そんなこと言わずに教えておくれよ。この道でいいのかい？」

「道は三本ある」

とメフィストは言った。いつの間にかケープから出た右手が、同じ数の針金を摑んでいるのを、せつらは見た。

「まずは次の交差点だ。右へ渡るか左へ曲がるか、真っすぐ行くか？」

「あんたはどっちだい？」

「真っすぐだ」

「なら、あたしもそうするよ」

「いや、君の目的地は右だ」

「真っすぐさ」

「右だ」

せつらの首すじを冷たいものが這《は》った。この世で最も不気味で戦慄《せんりつ》的なやりとりとはこれだ。

それきり黙って、二人は交差点に立った。

前方――メフィストの進む信号は青である。当然、声の主は赤だ。

せつらは足を止めなかった。

「勝負」

とつぶやいて車道へ踏みこんだ。

メフィストも同じだ。

通りの右側の先頭は普通の乗用車、左方はコンクリート・ミキサー車だ。

声の主はついてこない。

不意にコンクリート・ミキサーが動いた。一秒の余裕もなく一気に突進した。

「うわ」

とせつら。

メフィストは無言だった。その気になれば逃亡はたやすい。そんな二人である。それが動かない。

巨大カーは突如、左へ傾いた。横転はあっという間だった。アスファルトを揺すりながら巨大な弧《こ》を描く。本体の後ろ端がメフィストの肩をかすめた。ケープが翻《ひるがえ》る。

表情ひとつ変えない二人の前を滑《すべ》って、ミキサー車は視界から消えた。

鉄とアスファルトが切り結ぶ凄惨《せいさん》な響きと火花の断片が、路面を明滅させながら――悲鳴が上がった。

右方の車道を渡った者がいたらしい。

車が止まる様子はない。赤信号になるまでそれらは走りつづけ、被害者は鮮血と――それと同じくらいの厚さしかない皮膜と肉の広がりと化しているだ

「また無視だよ」

「君を見ると、任務を忘れてしまうのだ」

そっちを見ずに通り過ぎようとしたとき、

「一枚どうだね？」

と、ベレー帽に革コートの男が訊いた。右手には
パイプ――間違えようもなく画家だ。

「絵はわからない」

とメフィスト。声はせつらだ。

「そう言わずに。みなそう言うけど、僕の絵を買うといいことがあるって評判だよ」

画家の口もとで紫煙《しえん》がふくれ上がった。

「ま、見ていきな」

「そうだよ」

と見物人のひとりが言った。声からして若い。スケッチ・ブックを抱えている。

「この人の絵、上手《うま》いんだぜ。うちの大学の先公より よっぽど上手《じょうず》なんだ」

「成程《なるほど》――じゃあ、見せてもらえるかな」


ろう。

2

「渡ってしまったね」

横断歩道を渡り切ってから、せつらが口を開いた。

メフィストは沈黙している。

「ミキサーもおかしな滑り方をした。轢《ひ》いたのはあれだよ」

「運命だ」

メフィストは静かに答えた。その手から一本――針金が路上に落ち、乾いた音をたてた。

「うわ」

とせつらが洩らしたのは、通りの左側に、キャンバスを並べた街頭画家の姿を見たからだ。

画家は左方を向き、四人ばかりの見物人も絵を眺めている。

――わお
せつらは胸の中で唸《うな》った。

絵はすべて、こちらへキャンバスのうす茶の裏地を見せて並んでいたのである。

「嫌だね」

と画家は答えた。

「それでは見ていけないいな」

「それもそうだ」

画家は紫煙を長く吐いた。

「少々月並みだが、お目にかけるとしよう」

芸術家とは思えぬ太くごつい指が、二枚の絵を掴んで引っくり返した。

確かに絵はあった。

だが、正面を向いた瞬間、それらは黒白《こくびゃく》の流れと化してキャンバスを流れた。

「そんな――馬鹿な!?」

画家はキャンバスを摑んでよろめいた。

「ここには――あんたたちの肖像が……」

すぼまった声は、糸のように消えた。画家の顔も溶けた。いや、身体も絵具の奔流《ほんりゅう》となった。

せつらは見物人たちの悲鳴も聞いた。

三秒とかけず、二人の前には溶けた絵具の広がりが幾つも重なって、様々な色を生み出そうと躍起《やっき》になっているのだった。

メフィストの足下で、ちんとかすかな音が鳴った。

二人はまた歩き出した。

「あとどれくらいだね?」

とメフィストが訊いた。

「五、六分だな。疲れた?」

「まだついて来るな?」

せつらはふり向いた。この辺は無鉄砲《むてっぽう》というか、考えなしである。

彼方《かなた》の通行人は、全員顔だけを後ろに向けていた。そして、黙々とせつらたちを追ってくる。

「どうしようってのかな?」

「…………」

「ひとり捕まえて、訊いてみたら」

「前から思っていたが、気楽な男だな。長生きを保証しよう」

「どーも。あ、そこ曲がる」

アパートが残っていた。

ガラス扉の向こうから、人影が近づき、派手な服装の若いカップルが現われた。

男の腕にすがってきゃあきゃあはしゃいでいた娘が、ちらとこちらを見た途端に立ちすくんだ。

「何だよ、おい——こら?」

娘を見てからこちらを向こうとした男へ、

「見ないよ」

とせつらが言った。男は動きを止め、陶然《とうぜん》とこちらを見つづける娘を引っぱって歩き去った。

「人間だな」

とメフィストがせつらを見た。

「ああ」

「だが」

白い美貌が黙然と建物を凝視《ぎょうし》して、うなずいた。

二人は動かない。眼だけを建物に向けている。背後の通行人たちも無言であった。

不意に建物の形が崩れた。

重力に耐《た》えかねた軟泥《なんでい》の山のように地べたへ自らを叩きつけた。飛び散る残骸《ざんがい》は色彩《いろ》のついた泥であった。絵具だ。それは二人の寸前で消滅した。

「感謝する」

「なんの」

とせつらは答えた。妖糸で飛沫《ひまつ》をばらしてしまったのだ。

メフィストは三本目の針金を捨てた。

「あれ」

今日の台詞《せりふ》は単純だな、と思いながら、せつらはとろけたビルの残骸の向こうに腰を下ろした人影を見つめた。

美女である。しかも全裸だ。

「へえ」

とせつらが洩らしたほど理想的なプロポーションを備えている。つまり奇蹟《きせき》だ。

中身の詰まった重そうな乳房は、乳首を上向け、艶光《つやびか》る身体には余計な皺《しわ》ひとすじない。

これほど完璧だと、逆に見るほうに欲情を抱かせなくなるものだが、女の全身からは妖《あや》しい気が瘴《しょう》気《き》のごとく噴《ふ》き上がって、見つめる二人をぬらぬらと包み込んでいた。

「やるう」

苦笑するせつらを冷ややかに見つめ、

「唾棄《だき》すべき男だな——用件を聞こう」

後半は、裸女に向けたものである。

「そちらの方とお話をさせていただきたいのですが」

女は白い手をせつらへ差しのべた。

メフィストが横目でじろりと睨《にら》んだ。

幸い、せつらはびくともしなかった。

「私が代理だ。聞こう」

メフィストの言葉が名槍《めいそう》の穂《ほ》のごとく女を貫《つらぬ》いた。

「困ります。これは契約についてです。話は当事者に限ります」

「彼が契約書にサインをしたのかね?」

「いえ。それについての交渉です」

「サインした者以外、契約には関与できぬはずだ。帰りたまえ」

「あら。あなたもそうよ、ドクター」

「硫黄《いおう》の臭いがする」

とメフィストは言った。

「そこへ戻るがいい。何をするつもりだったか知らないが、今度はもっと上手い絵描きを連れてくることだ」

「ドクター、お下がりなさい」

「断わる」

「後ろの人たちが、なぜそっぽを向いているかご存じ？　彼らは〝向こう側〟を見つめて、〝向こう側〟のエネルギーを貯《たくわ》えていたのよ。今のこの瞬間に備えてね。みんな！」

通行人たちはふ、り、向、い、た。首だけを前へ向けた。

せつらは何の変化も感じなかった。相反作用などないまま、メフィストは半ばふり返った状態で吹っとんだ。

空を翔《か》ける姿すら美しいのはやはりこの医師だが、その姿は夜気に呑みこまれた。

「消えちゃった」

せつらは女を見つめた。

「邪魔者は」

と女が継いだ。

「僕も消す？」

「いえ、あなたは居てもらわないと」

「どうでもいいけど、服着ません？」

「あら、気になんかしてないくせに」

せつらは通りの反対側へ顔を向けた。男がひとりやってくる。腰の曲がった老人だ。

ぷん、とアルコールの臭いが鼻を衝《つ》いた。一〇〇年も着ているような上衣とズボン、濁《にご》った眼、しゃくり上げ――どこから見ても筋金入りのアル中だ。

せつらは一歩下がって後ろを向いた。

その前まで来て、老人は顔を突き出し、眼ヤニだらけの眼をこすって、

「なんでえ、大した面《つら》じゃねえだろ、冷てえな」

それから女の方へ向きを変えた。

女はいつの間にかワイン・レッドのスーツをまとっていた。同じ色のハンドバッグを抱えている。

「なんだ、派手な女がいるじゃねえか。おれを誘ってるのか？　よおし、乗ってやろうじゃねえか」

老人は、ひょろひょろと女に近づいていった。せつらは止めなかった。

「動くなよ、姉ちゃん、動くなよ。いま、いい気分にさせてやるからよお」

両手を広げ、老人は抱きついた。女は逃げようと

しなかった。

突然、老人は消えた。

ふり向いて、せつらは変化を確かめた。

女の腕の中に白い塊《かたま》りが蠢《うごめ》いていた。体長二〇センチほどの赤ん坊であった。

女は丸まっちい両脚を片手で握り、頭上高くへ持ち上げると、頭から呑みこんでしまった。

細い首が赤子のサイズにふくらんで、すぐ元に戻った。玉子を呑みこんだ大蛇を思わせた。

「悪いのは、あいつよ」

と女は言った。

「わかってるよ。口の中に毒素と自分用の解毒剤が仕込んであった。あいつは〝生死にかかわらず〟ランクの指名手配犯だ」

「知ってて、放っておいたの」

「あなたの技が見たくてね」

「人間もやるわね。とぼけた顔をして」

「契約なんかした覚えはないけれど」

「ピエール・ランジュをご存じね？」

「はあ」

「彼、契約書にあなたの魂を売り渡す、これは当人も了承済みとの一項を入れていたの」

せつらは宙を仰《あお》いだ。

「確認もせず、判を押した？」

「正直言うとそのとおりよ」

「世界が崩壊するぞ」

「私たちもミスに気づいたわ。でも、とやかく言うことが出来ない相手なの」

「あれ？」

「ちょっと」

女は眉をひそめた。

「そんな言い方しちゃ駄目よ――って、目下のところそれを許されるのは、あなたひとりだけれど」

「どういうこと？」

「ゆっくり話せる場所が欲しいわね」

女は周囲を見廻した。どの店も閉じている。自販機が一台ある。

「仕様がないわね」

女は自販機に近づき、ハンドバッグの中身を調べていたが、せつらをふり返って、

「ねえ、悪いけど百円玉ある？」

と恥ずかしそうに訊いた。

「あるけど」

せつらはコートの内側に手を入れ、

「一枚でいい？」

「ご免《めん》。十円玉二枚か五十円玉一枚も」

「あるよ」

せつらが手渡したそれを自販機のスリットに投じ、女はボタンを押した。転がり出たのは、ミネラル・ウォーターのペットボトルだった。

「ちょっと持ってて」

ハンドバッグをせつらに渡し、女はペットボトルのキャップを開け、いきなり中身を、地上に広がった溶けたアパートの残骸にかけた。

「あれ？」

せつらの眼前に、またもそびえ立ったではないか。アパートならぬ、ネオンサインを点滅させた古風なバーであった。

3

ドアの向こうは木の階段を五段ほど下りた地下店内になっていた。

「どう？」

丸テーブルの椅子《いす》を引きながら尋《たず》ねる女に、

「ワンショット・バーならぬインスタント・バーか。水かけて三分」

「にしちゃいい出来でしょ」

女は、ぞくりとするような色っぽい眼でせつらを見上げた。大概の男ならイキそうだ。それをどこ吹く風なのが、この若者らしい。

ぐるりと見廻して、

客も七人いるし、バーテンも二人。一二〇円でこしらえた店とは思えない。天井からはアンティークな鉄製のランプが、店のあちこちに光と影の交響を奏《かな》でている。

　女の顔もせつらの美貌も、カウンターの向こうのバーテンも奥の客たちも、光に溶け闇に消え、また浮かび上がってくるのだろう。

　何処かで「いつだって《オールウェイズ》」が鳴っている。この音は、ＣＤでもテープでもない。レコードだ。

　テーブルの上に広げられたものを、せつらはぼんやりと見つめた。

　羊皮紙《ようひし》だ。

　そこに赤黒く記されている文字は、

「ラテン語？　いや、少し違うな」

「神代文字《じんだいもじ》よ。人間たちが文字を考え出す前は、みなこれを使っていたのよ」

「へえ」

　女は文字の列のひとつを指さした。長く赤い爪であった。

「ここが問題の条項。〝今回、モデルの魂を譲渡《じょうと》するにあたり、モデル自身もその旨了承している〟」

「あの野郎」

　とはピエールのことだ。しかし、実に迫力に乏《とぼ》しい悪罵《あくば》であった。

「了承してないけど」

「わかっているわ。これははっきり言って、確認しなかった私たちのミスです」

「じゃ、この一項は削除して」

「そこで相談なのですが」

　女が身を乗り出した。

　スーツの胸もとから、豊かなふくらみがのぞけた。男ならまずひっくり返ってしまう淫《みだ》らさであった。

「うっひょー」

　奇声を発した男がいる。注文を取りに来たバーテンであった。女はじろりと睨《にら》んでチョコレート・モ

ヒートを注文した。せつらはざくろモヒートだ。バーテンが去ると、女はすぐに、

「了承した、との付帯事項にサインしてもらえませんか」

「いやだ」

「駄目？」

「駄目」

「だと思いました。どうすればサインしていただけますか？」

「どうしても断わる」

「条件をお願いします。大抵《たいてい》のことは呑ませていただきます」

「僕はファウスト博士は嫌いだ」

「困りましたわね」

女は首を傾げ、頬づえをついてせつらを見つめた。ずれた胸もとが、どーんとせつらの眼に体当りを食わせた。

「それでは、こうしたらいかがでしょう？　もしも、リラン・デニュスがあなたの絵を完成させた場合にのみ、魂は私どもの物となる、と」

「そうなったら、僕は丸損だ」

せつらは当然の主張をした。

「でも、これまで何千人という画家が、あなたの肖像に挑戦しましたが、ひとりとして成功した方はおりません。ビョルン・ドレアーズをご存じですか？」

「ああ。確か二年くらい前に亡くなった絵描きさん」

「世界最高の画家と謳《うた》われておりました。彼はその三年前、お忍びで〈新宿〉を訪れ、あなたの姿を見てしまったのです」

「へえ」

「それから狂ったようにあなたの肖像画を描きはじめ、ついには〈十二社《じゅうにそう》〉のあなたの店を見下ろせるマンションにアトリエを構え、出入りするあなたを捉《とら》えては心魂を徹して筆を走らせたのです。そし

て、数百点の作品を残した挙句《あげく》、発狂して果てました。作品のすべてはあなたの肖像画で、そのすべての顔はナイフで切り裂かれていました。そうしなくても失敗作なのは誰の眼にも明らかでした」

「それはどーも」

女は艶《あで》やかに笑った。

「世界中のトップ画家たちに、画商たちが〈新宿〉行きを禁じる契約を、無理矢理締結《ていけつ》させたのはご存じ?」

さすがに、せつらは口を少し開けて驚きを示した。

「何も知らないようね。こんな世界的大物に会ったのは、はじめてだわ。だから、絶対に安心よ。あなたの魂は私たちの手には永久に入らない」

「それじゃ筋が通らないだろ」

せつらは茫洋と抗議した。

「手に入らないとわかっている物を手に入れるために、契約を更改しろと? 何考えてるんだ?」

「更改を迫っているのは、トップひとりだけなのよ。本人も無理なのはわかっていて、半分は依怙地《いこじ》になっているだけなのよ」

何だ、それ? とせつらは言いたかった。が、トップのことを考えて抑えていた。

「ね、だからこれは無効とわかっている契約なの。サインなんて形だけ。あなたをキャンバスに再現できる技倆なんて、現在の画家にはないわ。リラン・デュニスといえどもね」

「ふーん」

「だから、お願い。ここへちょちょっと書いて」

酔いどれ殺人鬼を赤ん坊に変えて胃に収め、ペットボトルの水をかけて従業員と客付きのバーを創り出した女が、無邪気といってもいい仕草《しぐさ》で両手を合わせ頭を下げた。

「けどね」

「お願いお願いお願い。助けると思って」

これでは訪問販売のおばさんである。

驚くべきことに、せつらは渋々《しぶしぶ》うなずいた。

「やった！——ここよ！　はい、この羽ペンの先に血をつけて」

「インクじゃ駄目？　万年筆ならあるけど」

「ダーメ。昔ながらの契約よ」

「痛いなあ」

ぶつぶつ言いながら、せつらは鋭いペン先を前腕に刺して、盛り上がった血を付着させると、そこにサインした。

「ありがと！　もうサイコー。これで釜《かま》で煮《に》られなくても済むわ」

「…………」

女は素早く羊皮紙を丸めてハンドバッグにしまい、途方もなく色っぽい笑みを投げかけた。

「お礼をしなくちゃね」

「ひとつ頼みがあるんだけどな」

「あら？」

「あの医者を連れ戻してくれないかな？」


一応、メフィストの消滅は覚えていたらしい。

「彼なら大丈夫。凄い力を持ってるわ。あたしたちクラスにどうこうできる相手じゃないわ」

「でも、消えたよ」

「油断してたか、道楽でしょ」

「道楽？」

「——とにかく、自分のためになることを考えたら？　せっかくのサービス・タイムよ」

女は右手をのばした。それは白い蛇のようにせつらの手首に巻きついた。

悲鳴が、爆発した。

女がカウンターへと吹っとび、頭から激突した。

バーテンと客が立ち上がり、店内は騒然となった。

静寂のスポットライトの下に立っているのは、秋せつらのみである。

限りなく茫洋、限りなく美しいその顔へ、

「あの医者よ」

とカウンターの下に横たわった女が指さして呻《うめ》いた。

「あなたを守っているわ、あなたの身体の中で。でも、契約書は更改できた……我が主人《あるじ》よ……私は使命を……魂を……」

そして、女は首を垂《た》れた。

別の悲鳴が上がった。

店全体が溶けはじめたのである。バーテンと客たちが階段へと走り出す。せつらが先に走った。

火に焙《あぶ》ったチョコレートみたいなドアを押し開け、表へとび出す。

ふり向いた。

戸口の向こうに、バーテンや客たちの顔が見えた。数本の手がのびた。それを引こうと前進したせつらの前で、全員の顔が溶けた。手も地面に落ちて絵具しぶきを上げた。

二度目の崩壊をせつらは、前と同じ美しく無感情な顔で見届けた。


創造した女がこと切れたとき、創造物も消滅したのである。

絵具の海を、せつらはぼんやりと眺めた。

契約書が落ちていないかと思ったのである。

「駄目か」

とつぶやいて、通りの左右を見た。

アパートは通りの真向かいにそびえていた。方向感覚が麻痺《まひ》させられているらしい。

「メフィストはいないけど——まあ、いいか」

せつらはアパートの玄関へ近づき、立ち止まって、ドアの表面に手を当てた。

それから、ドア・ノブを廻し、建物に入った。

その少し前のことである。

二度目にダウンを喫《きっ》したのは、サガンが先であった。

なおも絵筆を走らせるリランを横目で見ながら、彼は絶望的な思いに囚《とら》われていた。

確かに腕は上がった。ドクトル・ファウストの薫《くん》陶《とう》の賜物《たまもの》だ。しかし、目的の絵が描けなければ、所《しょ》詮《せん》は兎《うさぎ》と亀の差でしかない。リランも彼も同じことだ。絶望がサガンの全身を黒い縄で呪縛しつつあった。

リラン・デュニスも同じ思いであった。

ピエールが内緒で結んだ契約は、さしたる怒りの対象とはならなかった。魂が奪《うば》われる事態もそうだ。

彼の不安は唯一、せつらの顔がキャンバスに再現できるかどうかであった。できない、などとは考えもしなかった。

理想のモデルなど、一生会えるかどうかもわからない。否定の運命を受け入れて空《むな》しく死んでいった天才たちの例を、リランは限りなく知っていた。

彼らには得がたい幸運を運命の女神は自分に与えたのだ。彼は感動にわななないた。そして、我が技倆及ばぬかも知れぬと気づいたとき、はじめて地獄を見た。

それは画家としての敗北であった。この敗北はリラン・デュニスの全てを否定する。生涯ではじめて、彼は狂乱した。キャンバスに没頭したのは、それを抑えるためであった。

だが、現実は変わらず、時間《とき》は刻々と過ぎていく。

リランは、すでに契約不履行となる自分を知っていた。

ベッドに横たわるサガンを尻目に、彼は椅子の上で、ぐったりと前のめりになった。心臓が止まらないものかと願ったが、そうはいかなかった。

前途に開いた黒い洞窟を、リラン・デュニスはひたすら見つめるしかないのだった。

「ん？」

小さく洩らして、彼は顔を上げた。眼の前のキャンバスは、黒ずくめのせつらだ——顔だけが描けていない。怖くて手がすくんでしまったとは、誰にも言えない秘密であった。

その描かれぬ顔の部分に、いま、ひとりの女の顔が浮かんでいた。

考えをまとめようとする耳の中に、

「そこを出なさい」

声は金鈴《きんれい》のように、リランの脳を穏やかに冷たくゆすった。抗《あらが》う気にはなれなかった。

リランは立ち上がった。

キャンバスはもうなかった。

戸口が開いていた。

その向こうに石づくりの部屋が広がっているのが見えた。

うす暗い。ゆれる光は蠟燭《ろうそく》の炎だろう。部屋の真ん中に木のテーブルがあり、その前に灰色の頭巾《ずきん》をすっぽり被《かぶ》った男が腰を下ろしていた。

リランの眼は、かたわらの美女を映し、全裸の肢体を確かめてから、頭巾に戻った。

「いらっしゃい」

と女がささやいた。これが三〇分後、秋せつらのために一軒のバーを新築する美女と同一人物であることを、リランは知らぬ。

「契約についてお話ししましょう。ピエールも来ているわ」

声自体が魅惑の蜘蛛《くも》の糸であった。

リランが戸口に吸いこまれ、ドアが閉じるまで、五秒とかからなかった。

第九章　画家の蘇生《そせい》法

1

サガンは、ライバルの身に起こった出来事を、ぼんやりと理解していた。肖像画の女がリランを誘った声を聞き、立ち上がり、戸口と化したキャンバスへ吸い込まれる彼も眼で追っていた。

——また、おかしな奴らの介入か

その程度の感慨であった。せつらの美を再現できれば良い彼にとって、ライバルの行動など、自分の邪魔にさえならなければ、どうでも良いことであった。

驚くべきことに、ドアはすぐに開いた。

リランはひとりではなかった。ピエールが一緒だった。

——何かに憑《つ》かれやがったな、こいつら

どうしてくれようかと思案しているうちに、

「ひとつ相談がある」

と画商が声をかけて来た。

「何だ?」

「リランに君の絵を描かせてもらいたい」

「何い?」

これは意外であった。

「というのはだね、このままでは到底《とうてい》、秋せつらの絵画的再現は難しいと契約相手も認めておるんだ。失礼ながら、君の実力も同じだ」

「何だと」

サガンは立ち上がった。握りしめた拳《こぶし》がひどく重かった。怒りがそうさせているのだった。

「そう怒りたもうな。事実は事実として認めるべきだ。秋せつらの顔が再現できるものなら、とうに完成している。違うかね?」

サガンは突進した。

重い一撃を画商は黙って受けた。よろめいたところへ打ちこまれた二撃目を、平然と左手で受け止め、

「必要なのは、描き上げることだ。そのための指示を、私は契約者に受けて来た」

「──あいつに……か？」

「左様《さよう》」

ピエールは重々しくうなずいた。今までの彼とは思えぬ荘重《そうちょう》さに、サガンは妖《あや》しいものを感じた。

「──ドクトル・ファウストですら出来なかったとも──あいつなら可能かも知れん。しかし──おれの絵をそいつが描くとは、どういう？」

「あんたの能力をデュニスに移すのだ」

「何い？」

「あいつは言った。おまえたちひとりの技倆では秋せつらの再現は無理だ。だが、二人の才能を合わせれば可能だ、と」

「すると──おれはどうなる？」

「リラン・デュニスとして生まれ変わる」

「ふざけるな」

罵《ののし》った瞬間、サガンは吹き出した。とめどなく笑いつづけた。たっぷり一分も腹を押さえてから、涙を拭き拭き、

「おれが、そのおかしな人間もどきになる？　はっはっは、これは史上最大のジョークだ。おい、おれがOKすると思ったのか、ムッシュ？」

凄《すさ》まじい挑発的な笑いを、ピエールは真っ向から受け止めた。

「では、リラン・デュニスがあんたになるのはどうだね？」

パリの地下鉄《メトロ》の改札係みたいな、渋い顔つきであった。

「何い？」

「あんたが彼になるのが嫌なら、彼があんたになるしかあるまい。どちらにしても絵の技能は等しく上昇する」

サガンの全身から狂的な雰囲気が薄れた。

「ただし」

とピエールはつけ加えた。

「リランも同じ反発を示すに違いない。そこで提案だが、互いの肖像を描いて、その優劣で判定を下すというのはどうだね？」

サガンは嘲笑《ちょうしょう》した。

「判定？　おれの絵がそいつに劣っていると誰が判断する？　おまえか禿でぶ？」

「とんでもない。それは別の審査員にまかせよう」

彼は出現した戸口の方を指さした。

「ドクトル・ファウスト」

「よお」

見慣れた小柄な顔が片手を上げた。彼も禿なのを思い出し、サガンはひどくバツの悪い思いをした。

「何処へいらしてたんです？」

旧弟子の問いに、恐るべき魔法医師は、

「あいつの部屋だ。硫黄《いおう》臭くて敵わん」

と毒づいた。

「ドクトル――審査員の件、よろしいでしょうな？」

とピエールが念を押すように訊《き》いた。

「まかせておけ」

老人は禿頭をぴしゃぴしゃと叩いて、諾意《だくい》を示した。

「そして、勝者には特別の賞品が出る」

ピエールは身をひねって老人と――その背後に立つ人影を見つめた。

サガンは眉《まゆ》を寄せた。はじめて見る娘だったからだ。

「おまえは――？」

リラン・デュニスの驚きの声が、サガンの意識をこちらへ向けた。

「確か、国重左輪。僕が魂まで肖像画に封じた女だ。だが、何て淫《みだ》らな」

リランは立ち上がった。

醜悪としかいえぬ姿で左輪に近づき、しげしげとその白い美貌に視線を這《は》わせた。

「匂い立つ女の季節というものがある。画家にとって、それは人間ではなく女が放つ女の精気そのものを意味する。そうだ。生きるということは、艶《あで》やかであること、淫らであることだ。おお、僕は——リラン・デュニスはいま、猛烈に君が描きたくなっている」

画家とはこういうものなのか。彼は手をのばして、左輪の右手首を摑《つか》んだ。

指は空気だけを握りしめた。

手を開き、握って開いて、また握り、

「そうか。君は秋せつらに貸し出した魂だったんだ。僕はかなりうかつな絵描きなのかも知れないな。ところで、どうしてここにいるんだね？」

宙に眼を据えた顔の意味が、ここでわかったらしく、

「術にかけられたか？　しかし、僕は画家だ。どうして、魂に術がかけられるかわからない。あれは肉体に対してのものだ」

「魂にも応用できる方がいらっしゃるのだよ、デュニス」

ピエールは画家の手を取って自然に下ろさせた。

「とにかく美しい賞品まで付いた。少しはやる気になったかね、ムッシュ・サガン？」

「女はどうでもいい。そいつの技倆を我がものにしない限り、秋せつらを描破《びょうは》することはできんのだな。よろしい。リラン・デュニスの魂をこのわしのものにして、こんな茶番《ちゃばん》を企《たくら》んだ奴らの鼻を明かしてくれる」

「僕も——ついでにその人まで手に入るのなら」

「決まった。時間は夜明けまで——一時間もしないうちに訪れてしまうが、いいな？」

ピエールは自慢話をするような口調で宣言した。

画家たちはうなずいた。

しかし、秋せつらひとりの再現に生命と魂を賭ける前に、ライバルの顔を描くことになろうとは、さすがの魔人たちも考え及ばなかったに違いない。新たなキャンバスに向かって、オイルを入れたパレッ

トに絵具を乗せる表情には、何処《どこ》か納得のいかないものが漂っていた。

せつらが入って来たのは、一〇分ほど後のことである。

「すし詰めだね」

そこにいる顔触れよりも、こっちのほうが気になるらしく、

「また来る」

出て行こうとした。

「待たんかい」

止めるのはファウストである。

「いま、広くしてやる。落ち着け」

太く短い指で、サガンのパレットからオイルを混ぜた絵具をすくい取るや、

「ほい」

せつらの左横の壁に投げた。ぶつかった――その瞬間、忽然《こつぜん》と部屋の奥が現われた。壁面上に奥の絵が描かれたのである。

せつらは眼をパチクリしながら新しい室内《スペース》を見つめ、そっと手を触れた。もとの壁の位置である。手は止まらなかった。壁面には触れず先へ進んだ。描かれた奥《スペース》は、実在と化したのだ。

「あ、楽だ」

怖《おそ》れる風もなく、彼はそっちへ移動し、出来たての椅子《いす》に腰を下ろした。安物の感触――本物だ。

「君の絵を描き上げるためには、わしのアドバイスだけではいまだしだったようだ。かくて、彼らはお互いの技倆を吸収すべく、似顔大会にいそしんでおる。君も見物していたまえ」

ファウストは左輪の肩に手を当ててせつらの方を向かせ、指さした。

左輪はせつらの足下に膝をつき、ベッドの端に顔を乗せた。

「賞品だが、まあ良かろう。わしらには何も見えん、何も聞こえん。楽しむがよろしい」

「彼女は魂だ——術をかけたな」

「やむを得ん処置だ。メフィストはどうしてる？」

「ここへ来る途中で消えた。後ろ向きの人たちが向きを変調したんだ」

「ほお」

これで話は通じたらしい。

「ま、奴のことだ。じきに戻るだろう。その間、何を企んでいるか心配だが」

「この人の術——解ける？」

せつらは、老人をじっと見た。

「出来るが、今のところはやめておこう。かけた相手が相手だ」

「根性無し」

せつらは左輪の髪に手を当てた。

低く放って、左輪は吹っとんだ。受け止めたのは、ファウストであった。その全身に汗が噴き上がった。

「メフィストだな。君が女に感情移入する——どころか触れることまで許さぬというわけだ」

「結婚の邪魔をするな」

ファウストは左輪をベッドに横たえ、

「魂とはその人間の本質だ。この女はかなり立派な人間だぞ」

「術にかけといて誉《ほ》めるな」

とせつらはのんびりと咎《とが》めた。それで気が済んだらしく、別の方向へ顔をやり、

「そろそろ終わりそうだよ」

と言った。

二人の画家は一心不乱に絵筆をふるっていたが、全く同時に——一瞬の狂いもなく、それを置くと、ばたばたと椅子からずり落ちてしまった。

「これでは——明日いっぱい持たんな」

苦々《にがにが》しく顔を歪《ゆが》めて、ファウストは画家たちのところへ行った。

へたれた当人たちには見向きもせず、キャンバスの成果に眼を走らせる。

「うーむ。さすがじゃの」

掛《か》け値《ね》なしの感嘆の呻《うめ》きが洩《も》れた。

「正に甲乙《こうおつ》つけ難い。どうじゃな、ピエール」

「仰《おお》せのとおりで」

画商はうつむいた。当然リランを勝たせたいと思っている。それを知られているが故《ゆえ》の自己批判といえた。

ファウストは、なおもしげしげと二枚のキャンバスを眺め、うーむと唸った。

「わからん。さて、どう判断を下すべきか――ん？」

細い眼がみるみる丸く変わった。

「これはどうじゃ。絵が牙を剝《む》いたぞ」

せつらもそちらを見て、事態に気がついた。

2

キャンバスに描かれているのは、もはや絵とは言えなかった。

サガンとリラン・デュニス――今や敵対する画家たちの生の顔そのものであった。

キャンバスが激しく揺れた。

「おお、怒っておる。いら立っておるぞ。キャンバスの中に封じられているせいで、相手の喉元にかぶりつきもできんとな。さて、次はどうなる？」

キャンバスの揺れは激しさを増し、架台からほとんど落下寸前まで傾いた。

「落ちる」

せつらが指摘する前に、キャンバスは落ちた。ひっくり返った二人の画家の顔面に。

リラン・デュニスの顔にはサガンの肖像が。

サガンの顔上にはリラン・デュニスの絵が。

何かが起こりつつある。そうと知りながら、せつらもファウストもピエールも動かなかった。

画商が歩き出したのは、数分後か数秒後か。

まず、リランのところへ行ったのは当然だ。

身を屈《かが》めた背後で、ぬうと人影が立ち上がった。

「サガンだ」

せつらが小さく放った。

「勝負あったかの」

とファウストが、負けじともっと小さな声で言った。

「そのとおりだ」

狂絵師は、のけぞるように胸を張った。

「リラン・デュニスの魂も技倆も、すでにおれのものだ。おお、おお、わかるぞ、理解できる。我が師よ、いまの自分は、絵の腕であなたを超えましたぞ」

「認めよう」

あっさりとファウストは応じた。

「どいつもこいつも、メフィスト以来、簡単にわしを超えたと宣言しよる。だが、これでようやく二人目じゃ。サガンよ」

と老人は呼びかけた。


「すぐに描けるか？　彼の絵が？」

せつらの方へ顎をしゃくる。しゃくり方が気に入らない、とせつらは思った。その顔にサガンの一瞥《いちべつ》が突き刺さった。

「今のおまえは別人に見えるぞ、秋せつらよ。ようやく、おれの技倆が追いついたと見える。そうか、おまえはこんな顔をしていたのか？　前は正面からすら描《えが》き切れなかった。だが、今は後ろからさえ描《か》ける」

絵画のプロは、正面から対象を見ただけで、その背面も描けるという。

「やれやれ」

せつらは溜息《ためいき》をついた。

「まさか——でも、もう夜が明けるよ」

ふわ、と欠伸《あくび》が洩れた。

「時間がない」

とサガンは、新しいキャンバスを架台に乗せながら言った。足下のリランの方を見向きもせず、

「時間はあと一日。このまま頑張ってもらおう」

せつらは肩をすくめて、受け入れた。ベッドの方を見て、

「彼女はどうする？」

と訊いた。

「どうでもいい」

とサガンは応じた。

「おれの精神は、すでに欲情などというレベルを超えている。おまえを純粋な画家としての眼で眺めているのも、はじめてかも知れん」

「何でもいいさ」

せつらはもうひとつ欠伸をしてから、横たわる左輪を指さした。

「その前に、この魂を〈メフィスト病院〉へ戻してもらおう」

「それは出来んな」

ファウストの、あまりにも素朴な返事は、せつらの眼に珍しい光を点《とも》した。


「なぜ？」

「この娘を拉致《らち》し去ったのは、あいつの使いだ。単なる賞品とも思えんのでな」

「そんなことわかってる」

せつらもにべもなく言った。

「戻したら、どうなる？」

「わからん。だが、只《ただ》では済むまい」

「なら戻してみる？」

この瞬間、ファウストの眼にはっきりと怯《おび》えが走った。それは眼前の美しい若者の口元に浮かんだ笑みを見たからか。

「おまえは……」

ここにも含まれた怯えを、老人はかろうじて呑みこんだ。

「……本当は……何者だ？——いや」

「戻すのは後廻《まわ》しにするよ」

せつらは要求を引っこめた。

「それが無難だ」

ファウストの声には安堵の響きがあった。彼はこれまでとは違った眼でせつらを眺めた。

「その娘の魂のみならず、リラン・デュニスが絵に封じた魂の行方を捜すのが君の仕事だと聞いている。ならば、リラン・デュニスがサガンと同化した今、それは無駄に終わった。しかし、わしの知る秋せつらという男ならば、そうなる前――絵描きごっこが始まる前に、手を打っていたはずだ」

「打っても打たなくても同じだった」

「ほお」

「サガンがリランに吸いこまれればそれでいいし、逆でも、サガンの内部《なか》にリランは残る。別々かひとつかの違いさ」

「えらい違いとは思わんのか？」

「ま、あいつらのやることだから。こちらは人間の身だ。〈向こう側〉のやり方を手探りしながら合わせていく他ないしね」

ファウストは笑いがこみ上げてくるのを止めることが出来なかった。大胆な思考に驚く前に、この桁《けた》外《はず》れの若者が、人間の身などというのがおかしかったのである。

「成程《なるほど》な。ではモデルの席に着きたまえ。サガンはやる気満々だ」

せつらは大きく伸びをしてから立ち上がり、モデル用の椅子にかけた。

サガンの顔の中に真紅《しんく》のかがやきが燃えている。双眸《そうぼう》であった。完成への妄執《もうしゅう》が放つ妖光だ。

「前と同じおれだと思うなよ、秋せつら」

彼は壺《つぼ》からパレットになみなみと油を注ぎ、絵具を混ぜはじめた。独特の臭いが室内に満ちた。

「決して描けない顔を、今、おれが完成させてやる。行くぞ」

彼は極めて薄いベージュの色彩をキャンバスに塗った。これで、絵の当たりを取るのである。

「よし」

絵筆が最初の線をキャンバスに引いたとき、せつらの首すじに冷たいものが走った。

　メフィストが副院長室へ顔を出したのは、せつらと外出してからほぼ四〇分後であった。

「これは——どうなさいました？」

　院長を頭ひとつ凌《しの》ぐ巨軀に緊張を湛《たた》えて、白い医師を見つめた。

　——この御方がよろめいているのか!?

　それは地鳴りのような驚きであった。

　つん、と鋭い臭いが鼻をついた。

　——これは硫黄だ。すると——

　自分の雇い主がどんな存在か知っている副院長は、眼を剝きたくなるのを何とか抑えた。

「君に手術を頼みたい」

「喜んで」

　と言うより早く、院長の方へ歩き出している。

　白衣の襟《えり》につけた通信機に、

「心霊手術室の用意を」

　短く告げて、院長の肩と腕に手をかけた。

　暗黒が世界を支配した。

　すぐに奪還《だっかん》したらしい。副院長は両足を踏んばって、部屋の南の隅《すみ》へ向かった。

　書架が並んでいる。

　通信器に向かって、

「開け」

　と命じた。

　本棚は左右へ移動し、エレベーターの内部が現われた。

　その肩に、あり得ないメフィストの重さを感じながら、副院長は乗りこんで行先を告げた。

　ぐんぐんと上昇していく函《はこ》の中で、

「見えるかね？」

　とメフィストは訊いた。

「はい。確かに」

　メフィストの背から、ひとすじのきらめきが閉じたドアに吸いこまれている。この病院でももうひとり――副院長にしか見えぬ夢のような糸であった。

「これは――誰が？」

「この臭いの主だ。無許可の複製品だが」

「闘《たたか》われたのですか？」

返事はない。

ドアが開き、女声のアナウンスが、

「最上階です」

と告げた。

ドアが開いた。そこに屋上はなかった。

天井にも壁にも床にも曼荼羅《まんだら》が描き込まれた奇怪な部屋――ここが心霊手術室であった。

「用意は？」

と副院長が訊いた。相手は――いない。

室内にはベッドがひとつあるきりだ。曼荼羅はそれにも描き込まれていた。

「わかった」

と副院長は応じた。

「すぐに取りかかる。院長、麻酔は使いません」

「よろしく頼む」

いつもと変わらぬ口調でメフィストは誰もいない空間を見つめた。

「いいスタッフだ」

「はい」

見えぬものが見え、聞こえぬ声が聞こえる。〈新宿〉ではよくあることだ。だが、この二人ほどそれを頻繁《ひんぱん》に体験する者はいないはずであった。

三台の乗用車が〈四谷《よつや》ゲート〉を渡って来た。

問題は真ん中の一台で、前後の車は護衛用であった。

〈新宿〉へ入ると、真っすぐ〈歌舞伎町《かぶきちょう》〉へと向かい、大きなホテルの駐車場で止まった。

最上階の五階はワンフロア、前日から貸し切りになっている。

一〇部屋に一〇人が入り、五分後に同じ階にある「会議室」へ集合した。五人であった。後の三人は屋上に車から下ろした荷物を運び込み、二人は非常階段とエレベーターに、ある仕掛けを施《ほどこ》す作業に熱中していた。

「会議室」で五人を待っていたのは、「世界絵画販売シンジケート」の日本支部長・黒沢であった。

「前の精鋭部隊は戻って来ない。全滅したと思われる」

伏目《ふしめ》がちに伝えた。男たちは答えない。碧《あお》い瞳が石のように黒沢を映している。

追い詰められていくような気がした。それを払《ふっ》拭《しょく》するように、

「まさか、こんなに早く駆けつけるとは」

「最初から日本にいた」

と男たちのひとりが口を開いた。入って来たとき、ジョン・デュウと名乗った男である。

「おまえが言う〈精鋭部隊〉は、おれたちの前の小手調べ役だ。おれたちが本物だ」

「それは——知らなかった」

「相手が只者でないのはよくわかった。以後、おれたちはおれたち自身の考えで動く。あんたは休んでくれ」

抵抗しようとして、黒沢はすぐ諦《あきら》めた。

「わかった。しかし、この街のことを知る人間が必要だろう」

「要《い》らん。この一日で、必要なことは全て頭に叩きこんである。やるべきことはわかっている。邪魔をするな」

自分の出る幕はないと、黒沢は心底思い知った。

3

東の空が蒼《あお》く光りはじめた。

〈新宿〉では野犬も野良猫も滅多《めった》に見ない。彼らが生きるには危険すぎるのだ。

〈歌舞伎町〉の路地裏では、奇妙な触手がレストランのゴミバケツを漁《あさ》り、〈旧フジTV〉跡地では、

数千匹の影が陽光から逃亡しようと闇雲《やみくも》に走り廻っている。定時的に〈新宿〉の空で不気味な飛翔をつづける黒い鳥影は、陽光を浴びた刹那《せつな》に灰と化し、理由もなく〈亀裂《きれつ》〉の縁《ふち》に集まった人々は、次々に底知れぬ暗黒に身を投じていく。

〈新宿〉の夜明けだ。

自称芸術家たちはジャズ・バーの楽屋でうたた寝し、一日置きに出現する酒場のカウンターに、安ウィスキーでママの顔を描きながら、頬《ほお》をぺったりつけて白河夜舟《しらかわよふね》。パソコンに打ちこんだ小説の「原稿」が、丸ごと磁気食い妖物に食われたことに作家が気づいて首をくくるのは、明日のことである。

サガンは、そのどれにも当てはまらなかった。

瞳《ひとみ》は世にも美しい若者の顔を留《と》め、筆を握った手はせわしなくパレットとキャンバスの間を往復し、吸いこむ空気は油《オイル》の成分が充満し、吐く息にも油の臭いがする。

かたわらの傍観者《ぼうかんしゃ》二人――ドクトル・ファウストとピエール・ランジュも眠ることを忘れている。

画家の狂躁《きょうそう》と熱気がそれを許さぬのだ。

いつものサガンではなかった。ドクトル・ファウストが連れ去り、何かを与えて連れ戻したサガンとも違う。奥のベッドに横たわるリラン・デュニスの身体から失われたものを血の中に吸収し、新たな自分を創造した新しいサガンだ。

予感が二人の傍観者の鳩尾《みぞおち》のあたりに、しこりを生じさせていた。それは毒々しく熱く堅く、他の器官も侵食《しんしょく》しつつ、休みなく肥大して、爆発の限界を目指していた。

そのとき、彼らは血肉の霧と化して空に広がり、一三七億光年の宇宙をも歓喜で満たすだろう。

秋せつらの美貌の再現を見る歓《よろこ》びだ。奇蹟《きせき》は宇宙に匹敵するのである。

「どうだ?」

とファウストがピエールに耳打ちした。

「行けそうか?」

「まだわかりませんが」

ピエールは曖昧《あいまい》に、あくまで曖昧に、多分、と言った。

不意に、サガンの筆が止まった。

彼は見物人をふり返った。ピエールが低く呻いたほどの鬼気迫る表情であった。怒気が何もかも腐敗《ふはい》させていく。ファウストの魔力も鉄もピエールの変身能力も石さえも。

「邪魔をするな、ピエール」

サガンは歯を剥いた。サガンの声だ。

「リラン」

と画商は口腔《こうこう》から言葉を押し出した。

「リランの声だ。わしにはわかる。おお、リラン・デュニス――真の芸術家は、やはり永遠に生きる」

「邪魔をなさるな、ドクトル」

「これは失礼した」

禿頭《とくとう》の大魔道士は、ぴしゃぴしゃと頭を叩いた。

「――しかし、もう遅い。気力の糸が切れた」

突然、サガンはのけぞった。広げた両手からパレットと筆が飛んで、床と壁に派手な響きをたてた。

サガンは立ち上がった。

「こうなれば、しばらくのあいだ世俗に身を任《まか》せるしかない。出かけるぞ」

額《ひたい》の汗を片手で拭《ぬぐ》ってドアの方へ歩き出し、ノブを廻してドアを開けた。

「何をしに行く？」

とピエールが訊いた。

「煙草《たばこ》を買ってくる」

何となく腑抜《ふぬ》けになったような感じの二人を残して、ドアは閉じられた。普通のドアだったらしい。

ここで、

「あーあ」

どう考えても欠伸としか思えない音が、キャンバスの前――モデルの席から生じた。

そうだ、と二人の傍観者はようやく気がつき、今の今までモデルについて忘却していたことに心底驚愕《きょうがく》した。

「画家てのは勝手だな。勝手に描き出し、勝手に中断して、勝手に煙草を買いに行ったぞ」

ここで気がついた。

「——何を見てる?」

「——何だか、感じが違う」

こう言って、ファウストはピエールを見た。同意を求めたのである。

ピエールはせつらから眼を離さず、

「ああ。はっきりとは言えんが、確かに前の彼じゃない」

「ちょっとちょっと」

せつらはあわてた。異常は感じていない。

「僕がどうしたって?」

ファウストが禿頭を人さし指でこつこつと叩いて、

「具体的には言えんが、モデルらしくなって来た、かの」

「モデルらしく?」

せつらは珍しく眉を少し寄せた。ロクでもないことが起こりつつあるらしい。ここでピエールも、同感だと重々しくうなずいたものだから、せつらの疑惑は恐らく沸騰点《ふっとうてん》に達した。

「余計なことを考えたもうな」

とファウストが不意に言った。

「むむ」

巻きつけようとした妖糸を、せつらはとりあえず抑えた。強制しても確たる返事が得られるとは考えられなかった。

「サガンの執念が影響を及ぼしはじめてるんだ」

とピエールがだるそうに言った。

「思ったより早く、絵は完成する。そうしたほうが、おまえも早く魂を取り戻せるだろう」

その顔から突然、表情が失われた。地獄の苦痛に声も出せぬ画商の前で、

「余計なお世話だ」

とせつらは静かに、しかし、鉄壁のような響きを、茫洋《ぼうよう》たる声に乗せて伝えた。同時に縛りをきつくしたのだ。ピエールは立ったまま気を喪《うしな》った。

サガンはコンビニで「極悪《ごくあく》」をワンカートン購入した。

かなりの中毒患者《ジャンキー》でも、勧められたら青くなって拒否するという凄まじい幻覚剤張りの紙巻きである。

早速《さっそく》、一服と紙ケースを破りはじめたら、

「お客さん、外でお願いしますよ」

と店員に凄《すご》まれた。むっとしてふり向くと、ショットガンを構えている。

舌打ちして出ようとしたとき、黒い風とともに、コート姿の屈強な男たちが入って来た。

ひとりがドアの横に立ち、あとの二人はまっすぐサガンのところへやって来た。

——何だ、こいつら？

敵意を瞳に湛えたとき、彼の両脇に立った男たちは、棚《たな》から酢ダコや焼タラ、スモーク・サーモンの袋を次々に籠《かご》へ落とし、焼き鳥のパックを、

「どうだい？」

とサガンに突きつけた。

「これからパーティだ。あんたも参加しなよ」

「急ぐんでな」

押しのけようとしたサガンの手を、右側の男が摑んだ。

画家の全身を凄まじい痛みが貫《つらぬ》いた。

「おれは絵描きだぞ。手を離せ」

苦悩の表情へ、男の石みたいな顔が、ぎりぎりと笑いかけた。

「この手が邪魔なのさ。おれたちは、『世界絵画販売シンジケート』の者だ」

「これはこれは」

男の表情が変わった。サガンの顔が苦悶《くもん》の極みから、満面の笑みに化けたのだ。これは強がりではな

かった。

　サガンが右手を引いた。死の捕縛《ほばく》から抜け出る油まみれの感触を、男は七彩の絵具と認めた。それはサガンの毛穴から滲出《しんしゅつ》したものとしか思えなかったが、皮膚《ひふ》そのものがとろけたようにも見えた。

「こいつ⁉」

　左側のひとりがふった拳を躱《かわ》して、サガンはドアの方――ではなく、店の奥へと走った。恐怖と焦《あせ》りのあまり、方向感覚が狂ったとしか思えぬ行動であった。二人の男は顔を見合わせ、侮蔑《ぶべつ》の笑いを浮かべて後を追ったほどである。

　思惑どおりになるのをサガンは知っていた。

　――おれたちの絵が無けりゃ、社員に給料も払えねえハリボテ組織どもが。創作者を舐《な》めたらどうなるか、思い知れ
　のばした手の先は、文具コーナーであった。赤いマジックと黒いマジックが両手に握られた。

　勝負あったことに、二人の敵は気づかない。

　前方――冷凍ケースの前で、サガンはふり返り、二人の敵も足を止めた。

　彼らはふり向く寸前、サガンがケースのドアにマジックを走らせるのを見ている。

　それは荒っぽいが確かに人の輪郭《シルエット》であった。

　ひとりが足を止め、もうひとりがサガンの肩へ手をのばした。

　ケースのドアに映るその姿が、ぴたりとひと筆描《が》きの輪郭に収まった瞬間、彼は忽然《こつぜん》と消滅した。

　足を止めた男が、何やらつぶやいた。呪文であった。

　カウンターのレジ係には、最初の男がドアから吐き出されたように見えた。

「へえ」

　サガンが露骨に眼を丸くした。

「シンジケートにゃ呪術師《じゅじゅつし》もいるわけか。面白い。ほれ、かかって来な」

　ガラス・ドアから吐き戻された男の鼻先に、彼は

黒マジックをふるった。

黒い点をつけたのである。

男の身体はそこへ吸いこまれた。

空中に黒い点だけが残った。

「おまえも来るか？　もうひとり分あるぞ」

サガンはもうひとり——呪術者を睨みつけた。

ガラス・ドアの輪郭は赤いひとつきりだ。

男は通路を一歩下がり、人さし指を口に含んだ。

離した指先は赤く染まっていた。

男の唇が尖《とが》ると、赤い霧《しんく》が吹きつけてきた。それはサガンの全身を包む真紅の人型に化けた。

「やるねえ」

凄まじい抱擁《ほうよう》を受けながら、サガンはうすく笑った。

「だが、まだまだだ。おれを連行しようなんて甘い考えを持ってる以上はな」

マジックを握った手を赤い背中に廻し、彼は縦《たて》に一本黒線を引くと、それに両手の指を当てて左右に広げた。

赤い人型の背中から覗《のぞ》く中身は、同じ赤であった。人型はそこへ吸収され、ひとすじの線だけを土産《みやげ》に消滅した。

同時に呪者はよろめいた。凄まじい精神集中による呪法を破られたためである。サガンは男に近づき、両肩を摑んで、ガラス・ドアに叩きつけた。

唯一《ゆいいつ》残った赤い輪郭は呪者のためのものであった。はまりこんだ瞬間、男は消滅した。

「ざまあ見やがれ。糞シンジケートが」

煙草を拾って出入口の方へと歩き出し、彼はもうひとつの難関に気がついた。

ドアの前に三人目がいたはずだ。

「ん？」

いない。

呆然《ぼうぜん》と突っ立つレジ係を尻目に、サガンは店内を見廻した。いつでも来いという気分だった。

「逃げ出しやがったか。だらしのねえ。おい、兄《あん》ちゃん、気を使わせちまったな。こいつは迷惑料だ」

　空を飛んで来た物体二つを、店員はあわてて受け止めた。

　赤黒のマジックであった。

「今日の零時《れいじ》まで、それで絵を描くと何でも現実になるぜ。ただし、零時以降はもとに戻っちまうがな。あばよ」

　奇怪な客が出て行ってからも、しばらくの間、店員は手のマジックを見下ろしていた。それから、黒いほうを使って床の上にグラマラスな女性のボディ・ラインを描いてみた。

　数秒と待たず、

「ひえええ!?」

　彼は大きく後じさった。

　床の上に寝そべった全裸の女は、正しく彼が描いたボディ・ラインの持ち主であった。

　悲鳴を上げた原因はそれではなかった。

　レジ係は悲鳴を上げつづけた。

　女には顔がないのだった。

　描き忘れ。

第十章　ラスト・ライン

1

ひとつ欠伸してから、

「遅いな、サガン」

とファウストが窓辺に近づいた。すぐに見えん、とつぶやき、壁に背を預けてこちらを向いた。

「しかし、よく持つなあ」

と、これも欠伸をしたのは、せつらである。

「彼もあんたたちも少し寝ないとバテるよ」

「それは芸術を理解しとらん俗物の言い草だ」

ピエールが酒臭い息を吐いた。この画商はポケットというポケットにウィスキーの小瓶《こびん》を押しこんでいた。ただ、口と鼻から時折り青白い炎が噴き出すのを見ると、商標《ラベル》どおりの中身ではなさそうだ。

「真の芸術家の創作魂に火が点《つ》き、その手が筆を取ったなら、もはや死ぬまで歯止めなど利《き》かん。描き上げるか、しからずんば死ぬまでだ」

「でも、コンビニ行ったよ」

適確な反論に、画商は沈黙した。

「ねえ、モデルが先にへたばったらどうなるの？」

せつらは全然気にしていない風につづけた。

「大丈夫だ。彼は描きつづけるだろう」

「なら、モデルなんか要《い》らないだろ」

せつらは顔の前で片手をふった。

「極悪酒と煙草の臭いが渦巻《うずま》く中でポーズを取るのもしんどくなって来た。僕なしでも描けるのなら、あの女性《ひと》と一緒に家へ帰って寝たい」

「そう言うな」

ドクトル・ファウストが二人の顔を見比べながら、鬱陶《うっとう》しそうに言った。

「やはりモデルは要る。特におまえの場合はな。美しすぎる夢だ。いなくなれば眼が醒《さ》める。そしたら何も覚えていない」

何だ、その言い草は、とせつらは少しムカついた。

「だが、おまえの場合は、さらに特別だ」

そうだろう。

「ひとつ誤解がある。これはもっぱら画家側の問題だが、彼らはおまえの魂まで写し取った絵を描きたいと切望する。しかし、このとき、奪われているのは彼らの魂なのだ。画家たちはそれに気づかなかった。悲劇はここにある。魂を吸い取られた画家に、モデルの魂を奪える絵など描けるわけがない。おまえの肖像に誰ひとり最後の線を引くことができなかったのは、そのせいだ。だが、今度は違うぞ」

ピエールが憤然《ふんぜん》と立ち上がったので、せつらはやや、いかと思ったが、画商はポケット瓶を手に室内をうろつきはじめた。

「サガンは、ひとりではない。真の芸術家リラン・デュニスの魂がともにある。必ず、こいつの肖像画を完成させて歴史の壁面に稲妻《いなずま》で名を刻んでやる」

せつらはまた大きな欠伸をした。

「じゃ、ひと眠りする。サガンが来たら、起こしてくれ」

椅子《いす》にかけたまま寝てしまった。

ファウストは苦笑し、ピエールは怒りと憎悪をこめて睨みつけた。

それが、みるみる恍惚《こうこつ》に変化しようとは。

小さな椅子の背にもたれ、ややのけぞったせつらの姿は、それこそ一幅《いっぷく》の絵画のようにそこにあった。

彼は死者だ。死んでいなくてはならない、と見たもの全てが確信するだろう。死者こそ美しいと知ってしまったから。

「魂は——無事か？」

とピエールが夢の中で呻いた。

「何とかな」

答えるファウストの声も、どこか朧《おぼろ》げだ。

「死者ほどに美しいが、これは偽《いつわ》りの死者だ。或《ある》いは、美しすぎて冥府《めいふ》より放逐《ほうちく》されたさまよえる死《し》人《びと》かも知れん。どちらにせよ、まだ魂を奪われてはおらんな」

　禿頭の老人は長く長く息を吐いた。

「しかし、この男の魂は、どんな姿をしておるのやら。一度、心の臓を黄金の楔《くさび》で貫いて、確かめてみたい気もするが」

　その眼が大きく見開かれた。ピエールがふり向いた。

　その前に、彼はファウストの瞳に映った人物に気づいていた。

「誰だ、おまえ？」

　灰色のトレンチを着た長身の男は、黒いソフトで顔を隠していた。

　ピエールの喉《のど》が獣の唸《うな》りを発し、両手の爪が鉤《かぎ》状に成長しはじめる。

　男が答えた。

「『世界絵画販売シンジケート』の者だ」

　低く分厚い声なのに、どこか非現実的な響きがあった。

　空気を貫いてピエールが走った。敵の名前だった。

　彼は男を貫き、背後のドアに激突する寸前でぴたりと停止した。凄まじい筋力の為せる業である。

「お見事」

　とファウストが手を叩いて祝福した。

「だが、早まるな。そいつは幻じゃ」

　画商の返事は獰猛《どうもう》な唸り声だった。服を着た狼がそこにいた。

「わしらの名前を知っとるな？　名乗らんかい」

　ファウストの要求に男——の幻——は応じた。

「リセンダだ。シンジケートの妖術鑑定士をしている」

「絵の真贋《しんがん》を見極める術使いか。特別手当か、超過手当を貰わにゃならんな。何しに来た？」

「リラン・デュニスとピエール・ランジュの捕獲《ほかく》だ」

「ほお」

「それにサガンが加わった」

「ほおほお」

「私の仲間がコンビニで襲ったが、しくじったようだ。彼は程なくここへ戻るだろう」

リセンダと名乗った男は部屋の隅に立つキャンバスを見つめた。ファウストが右手を禿頭に乗せた。

「おかしな真似《まね》を」

言うなり、彼はぴしゃんと頭を叩き、拳をこしらえると、摑んだものをリセンダ目がけてふった。

「気」だったかも知れない。

リセンダは顔を押さえてよろめいた。片手で四方を薙《な》ぎ払いながら、窓の方へと移った。

手を壁に当てた瞬間、消えた。

「これは……」

呻いたのはピエールであった。

毛むくじゃらの顔には人間の表情が戻っている。近づいてくる大嵐を待ち受ける表情に近い。ただし、手の打ちようがない。

ファウストの方を見る眼差《まなざ》しは、すがるようであった。

「何とかなるか？」

ファウストは、いいやと答えた。

「かなり強烈な魔力じゃ。それに、わしは、モデルと作品に関して手は出せん約束でな」

沈黙の視線が二組、キャンバスに突き刺さって動かなくなった。

サガンが戻ったときも、そうであった。

「何を見てる？」

極悪煙草をぷかぷかやりながら、彼は二人と同じものを見た。

「あン？」

二人は眼を閉じた。

「何だ、これは？　まだ顔は描いてない。なのに描いてある。いいや、これは――」

サガンは驚きにせっつかれたように、眠りっ放しのせつらへ眼をやった。

顔はなかった。のっぺらぼうは、せつらの顔形だけを留めていた。

顔は——サガンは呆然《ぼうぜん》とキャンバスを見つめた。

美貌はそこにあった。

あるべき場所に、それ自身かがやくように。

だが、それは絵ではなかった。せつらの顔から失われた本物の眼鼻と唇であった。

「誰の仕業《しわざ》だ?」

サガンは怒る前に、呆気《あっけ》に取られたようであった。

「おれの絵を3D——って。本物にしちまって、どうするつもりだ、え?」

「犯人はシンジケートの連中だ」

とピエールが答えた。

「——そいつはドクトルが始末した。奴らの狙いは、多分、あんたの破滅だ」

「破滅? おれの?」

今度はファウストが口を開いた。

「その眼鼻が取れぬ限り、おまえはせつらを描き切れまい。新しい絵は間に合わんし、本物を消すことはできん。そうなれば、おまえは屈辱《くつじょく》と絶望のうちに死を選ぶだろう。当然、付き合っているリラン・デュニスもだ。残るのはこの画商どのだが、彼の始末は力ずくで簡単につく」

ピエールは不快げに唇を歪めたが、何も言わなかった。事実だから仕様がない。

「んじゃ仕様がない。描き直すか」

この反応だけは想像の埒外《らちがい》だったらしく、ピエールばかりかファウストも眼を剝いた。

どちらも何も言えないうちに、

「どんな絵も本物には敵《かな》わない? おれの絵だけは別さ」

「我が弟子ながら、大した自信だの」

ファウストが楽しげに言った。

「ま、そう言い出すかなと、思わなくもなかったが

――しかし、キャンバスには厳然と本物がある。どんな手を打つつもりだ？」

「描くしかないでしょう」

とサガンは髪の毛を撫でつけた。

「絵描きにできるのは、天地開闢《てんちかいびゃく》以来それだけです。まだ一日あります」

「しかし――」

「本物に偽物が挑む？　おれの絵は本物です。これは本物か偽物かではなく、どっちの本物が優《すぐ》れているかということです」

奇怪というしかない自信であり自負であったが、それに対する反応は別の対象に変わった。

「どーも」

すっきりしているのかしていないのか良くわからない秋せつらの挨拶《あいさつ》であった。

三人はそこに立つ顔のない若者を見た。

それから、キャンバスを。

声はそこからした。

今は閉じられているが、その声を妖しい銀河のささやきに変えるがごとき、これも妖しく美しい唇から。

2

「なんという」

ピエールが両手を打ち合わせてから顔を覆《おお》った。

「ムッシュ秋――自分の置かれた環境がわかるのかね？」

「何とか」

と応じたが、さすがにこれははじめてらしく、返事まで少し間があったし、念のためみたいにつるんと顔をひと撫《な》でして、へえ、と唸ったのにも実感があった。

「見えるのか？」

とサガン。

「ええ。ただ、この角度からすると、そこのキャンバスから見た光景だな」

せつらがどう思っているにせよ、いつもと少しも変わらぬ茫洋たる声が、一同を驚かせた。

「平気なようだな」

サガンは笑顔になった。

「さすがは、おれのモデル。画家と同じく、大抵のことでは度胸がゆるがんと見える。待っていろ。すぐにくだらぬ本物をおれの芸術に変えてやる」

「くだらないって、何だ？」

珍しくせつらが絡んだ。

「任せておけ。さ、時間も少ない。席へ戻れ。でないと、おまえの仕事も終わらんぞ」

せつらは欠伸をひとつして席に戻った。顔無しが万歳をし、溜息はキャンバスの口から洩れた。


「描きはじめたぞ」

〈歌舞伎町〉のホテルの一室で、床に胡座《あぐら》をかいた男がつぶやいた。


「世界絵画販売シンジケート」から派遣されたひとり——透視能力者であった。

「しかし——リセンダめ、おかしな術を使いやがって」

ちら、と部屋の片隅に横たえられた死体を見て、

「あれをサガンたちが解けるとは思えない。しかし、念には念を入れておいたほうがいい。どうだ、アル？」

ソファにふんぞり返った男に訊いた。リーダーである。

透視能力者はつづけた。

「今のサガンはドクトル・ファウストに匹敵する力を有している。攻撃を加えれば、こちらの居場所も知れてしまう。かなりキツい反撃が来るぞ」

「やむを得まい」

ソファの男——アルは強く肘《ひじ》かけを叩いた。決定の合図だ。

「いま始末しておかなければ、サガンとピエールが

組んだりした場合、手の打ちようがなくなる。あいつらの技倆《ぎりよう》をもってすれば、魂入り一〇〇号が年に一〇枚も描ける。支払いは米ドルで兆を超えるんだ。それだけは防がなくてはならない。フォトン――出番だぞ。リセンダが斃《たお》されたいま、おまえに頼る他はない」

「構わんさ」

部屋の窓際に置かれた肘かけ椅子の上に、ひどく奇妙な形が乗っていた。手足をつけぬ雪ダルマという格好の肉の塊《かたま》りであった。

「だが、おれが全力を出すと、この小汚ない街の半分を消してしまう怖れがある。すぐ〈ゲート〉を渡れ」

「いや、〈区外〉へ出れば、〈新宿〉の情報は全てシャット・ダウンされてしまう。どんな結果でも待つしかない。そうだな、ミスター黒沢?」

さっきから落ち着かぬ風なシンジケート日本支部長は、椅子の上で硬直した。

「も、勿論《もちろん》です」

「おれたちのことは気にするな。頼むぞ、フォトン」

アルの声に、肉塊が反応した。ふわりと椅子から浮き上がると、透視能力者の頭上まで宙をとんで、その頭の上にぺたりと降下――というより付着した。

「頼むぞ、ジョッシュ。おれは『移動』に備えて少し休む。ばっちり透視図を送ってくれ」

「任しとけ」

透視能力者は自信満々に応じた。少し嫌そうであった。

〈新宿〉が揺れはじめたのは、翌日の昼過ぎであった。

最初は〈区〉の「魔震計」にも表示されない程度の微震にすぎなかったものが、陽光のかがやきとともに、照明が振れ、道ゆく人々の靴底《くつそこ》が震え、やがて、脆《もろ》い壁面が剥離《はくり》するその下で、観光客が逃げまどいはじめた。

街路のざわめきは、アパートの窓からも伝わって来た。

「本格的になって来たの」

ファウストが露骨に眉を寄せて、画家とモデルに話しかけた。

返事はない。

サガンはひたすら筆を動かし、モデルは椅子の上で、妙なポーズを取ったままだ。

振動音とは別の音が、この一室を和《なご》ませていた。モデルの寝息であった。

いつの間にかそれに合わせて、ファウストもピエールもこくりこくりと白河夜舟《しらかわよふね》のありさまだ。ただひとり、絵師サガンのみが、血走った眼に執念の業《ごう》火《か》ばかりをたぎらせて、睡魔など寄せつけもせず、キャンバスに挑んでいる。

作業はひとつ——せつらの地顔を塗《ぬ》りつぶし、絵を描くことだ。それはいまだに成功を見ていない。塗っても塗っても、描いても描いても、実物はびくともせずに跳《は》ね返してしまう。

とうとうせつらが、

「くすぐったいからやめてくれ」

と言い出した。画家の情熱とはとことん無縁を通すつもりらしい。まあ、キャンバス上に出現した口の言葉で、当人はのっぺらぼうだから、無理もないかも知れない。

「えーい、我慢できんのか!?」

癇癪《かんしゃく》のあまり、絵具のついた筆をふり廻し、いきなり、

「ん?」

と濃い眉を寄せた。

ギャラリーの二人も、おお、ほえ、と唸った。筆からとんだ絵具がこびりついていた。眼も鼻もないせつらの顔に。

「おお、これだ!」

とサガンが身を震わせて叫んだ。

「絵画の神による発想の転換だ。キャンバスではない。ここに描くんだ。何もない顔という名のキャンバスの上に！」

「やれやれ」

茫洋とした声が、さして嫌でもなさそうにごちた。狂気を含んだ芸術的昂揚《こうよう》に報《むく》いるには、物足りなかったかも知れない。

「これはくすぐったいか？」

鼻のあたりにひと筆ふった。

「いや」

声はキャンバスである。なかなか味のある状況といえばいえる。

「それは良かった。二度と文句をつけるな」

「…………」

おかしなというか神秘的というか、よくわからない時間が始まった。

陽が頂《いただ》きに達し、やがて下りはじめた。


窓外の風景が青味を帯びはじめた頃、雰囲気が変わった。

「聞けえ！」

サガンの大音声《だいおんじょう》が響き渡ったのである。

うつらうつらしていたファウストと画商が覚醒し、せつらとキャンバスを背にひっくり返る画家を目撃した。

「何事じゃ？」

眠そうな眼をこすりこすり、ファウストとピエールへ、サガンはこれ以上はあり得ない至福の笑顔を見せた。

二人が顔を見合わせた。

「そうとも――見ろ！」

画家は横にのいた。

「おお!?」

「やった!?」

驚愕と歓喜の叫びであった。

キャンバスのせつらの顔は、なおも眼鼻を備えたままであった。だが、それは見事な筆さばきのかがやきをとどめる絵そのものに変わっていた。

そして、失われた眼鼻は、本物の顔に戻っていた。恐るべき狂絵師よ――絵がモデルに勝ったのだ。

「まさか――まさか……本当に、やってのけたのか」

ファウストの呻きのかたわらで、ピエールは声もない。

「そうとも、おれは描いた。おれの絵で、おれの神技で本物を消し去り、元に戻したのだ。やってのけたぞ、莫迦野郎《ばかやろう》！　神も悪魔も見るがいい。おまえたちが創り出した人の世から、ついにおまえたちと同じ人間が誕生した瞬間を。おれは無から有を生み出したんだ！」

サガンは哄笑《こうしょう》した。それを止める権利は誰にもないと、見守る二人は納得していた。

まさか、間違っていようとは。


真っ先にサガンがそちらを向いた。ファウストとピエールは同時だった。

まだだよ、と聞こえたのである。

三人の視線が声の主に集中した。

キャンバスに描かれたせつらの顔に――いや、そのロに。

他の部分の出来ゆえに判断力を奪われて、彼らは口の部分が本物のままであることに気づかなかったのだ。のみならず、本物に描かれたそれが、なおも絵に留まっていることに。

「未完成だぞ――この詐欺師《さぎし》めが」

ファウストが怒りに青ざめた。いや、ゆで蛸《だこ》のように赤くなった。

対して、サガンは平然と、

「バーカめ。誰が完成したと言った？　おまえたちを起こしたのは、最後のひと筆を加えるところを見せてやろうという、いわば親心だ。つまらんことでぎゃあぎゃあ騒ぐな、この俗物ども」

「何でもいいから、早く仕上げてくれ」

と、キャンバスの唇が動いて、本物の顔がうなずいた。

「眠くて敵わない」

手を当てたのは本物の口で、あーあと洩らしたのはキャンバスであった。

「いいとも、今望みを叶《かな》えてやろう。さあ、ドクトル、ピエール、ともに眼を剝き出せ、視覚を腐《くさ》れ脳《のう》味噌《みそ》の記憶《きおく》野《や》へ直結させろ。虚像が実像を凌《しの》ぐ光景を、永遠にその脳に刻むのだ」

彼はせつらの前に戻って、パレットに置いた筆を取り上げた。

やってのける。

サガンの宣言を疑う者は誰もいなかった。どうでもいいらしいモデル以外には。

ラフな筆入れの唇に、今度こそ狂気の天才が精魂こめたひと筆が加えられようとしていた。

そのとき――


世界が揺れた。

天井と壁に亀裂が黒々と走る。

「シンジケートの妖術じゃな」

ファウストの顔を白い埃《ほこり》が包んだ。

「いかん、崩れるぞ!」

ピエールが身を屈《かが》め――四足獣の跳躍《ちようやく》の姿勢を取った。全身は剛毛に覆われていた。

窓の外で車のブレーキ音と通行人の悲鳴が弾《はじ》けた。

「ほお、ビルが崩れ出しておる。シンジケートめ、〈新宿〉ごと抹殺《まつさつ》を謀《はか》ったか」

「逃げるぞ」

とピエールが吠《ほ》えた。

「さっさと行け! 邪魔をするな!」

サガンがふり向いて叱咤《しつた》した。

それは天井からせつらとキャンバスに降りかかったコンクリ片に放ったものである。声と同時に彼は宙をとび、両者を抱えるようにして庇《かば》った。その頭上にコンクリが落ちた。

「無事か!?」

とせつらの顔を覗《のぞ》きこみ、キャンバスへ視線を食いこませたサガンの頭から額へ、赤いすじが流れた。

「無事か、無事だな、掛《か》け替《が》えのないおれのモデルよ。よし」

返事も待たず、彼は窓際へ走り寄って、外を見た。

「おお、隣りのマンションが倒れていく。駐車場にもひびが入った。どいつもこいつも吸いこまれて行くぞ。あっちは〈戸塚町《とつかまち》〉の方か、炎も上がっている。こいつは〈魔震〉の再現か」

まるで大見世物を見た観客のように興奮し切った姿に、

「シンジケートも大物を雇ったとみえるな。さあ、どうする?」

ファウストが水を向けた。

「なに、構うものか。たかが画家の絵を安く買い叩き、高く売って暴利を貪《むさぼ》る糞《くそ》商人どもの田舎《いなか》団体が、金にあかせて雇った半チク魔道士めが。このサガンの反撃を食らえ!」

パレットと筆を手にサガンは無事なほうの壁に近づき、筆に絵具を載せると、凄まじい早さで灰色の表面に何やら描き込んでいった。

「おお!」

ピエールが眼を見張った。

そこは明らかにホテルの一室であった。数名の男たちが部屋の中央で椅子にかけた奇妙なコンビを見つめている。ひとりは普通の人間だが、その頭上に乗っているのは、どう見ても手足のない肉塊だ。

これはシンジケートのメンバーが集《つど》う一室の再現だ。荒いとしか言いようのないタッチだが、描かれた室内の雰囲気や人間たちには、息を呑《の》むリアリティがあった。

「絵が!?」

ピエールが眼を丸くした。

「絵が——こっちを向いたぞ！」

「向こうも気づいたか」

とファウストが面白そうに言った。

こちらの部屋がまた揺れた。敵の攻撃だ。

「くたばれ！」

サガンの右手から筆が飛んだ。

奇妙なコンビの真ん中に赤い絵具がとび散った。

次の瞬間、絵から何かが失われた。

絵になった。

揺れが熄《や》んだ。轟《とどろ》きも消えた。

「あれ？」

同じく窓を見ていたせつらが、キャンバスから、抑揚《よくよう》のない声を上げた。

窓ガラスの向こうで崩壊するビルも、逃げまどう人々も、血のような落日も、すべて途中で動きを止めていた。

ピエールが近づき、えぐい宝石商の吟味《ぎんみ》みたいに覗きこんで、

「絵だ」

と言った。

〈魔震〉の再現のごとき崩壊の地獄図は、芸術的ともいえる迫真性を放つ影絵と化しているのだった。

外の沈黙が乗りこんで来たかのような室内で、

「敵は死んだ。これなら、行けるかも知れんな」

ドクトル・ファウストが、炯々《けいけい》たる妖光を双眸に湛えながら、別人のような口調でつぶやいた。

3

「これで邪魔者は消えた。再開するぞ、秋せつら」

サガンは美しいモデルの顔面を指さして叫んだ。

「早くしてくれ。どっちにしても、あと半日でおしまいだけど」

そうなれば、自分も一蓮托生《いちれんたくしょう》だと、この若者にはわかっているのだろうか。魂の契約は結ばれてい

るのだ。サガンの技倆がせつらの魂をキャンバスに封じれば、自動的にそれはあのものたちの所有と化す。

　そして、ドクトル・ファウストは、行けそうだと口にした。

　サガンはせつらの前に戻った。

「では、最後のひと筆だ」

　ぐい、と絵具をこそげ取り、せつらの口もとへ――

　だが、筆は宙を泳いで、肌色の弧《こ》を描きつつ床に落ちた。

「これは――」

　横倒しになったサガンを、ファウストとピエールは呆然と見下ろした。ぴくりとも動かない。

「死んだ？」

　とせつら。声が少しぬるい。疫病神《やくびょうがみ》が死んだと思ったらしい。

　ファウストが脈を取り、

「いや、生きておる。シンジケートの術を破った代償じゃな」

「再起不能とか？」

「いや、疲労のあまり失神状態に陥《おちい》っただけだ。しばらくすれば自然に治る」

「零時を廻ってからかなあ」

　ファウストは苦笑を浮かべてせつらをみつめた。

「そうはうまくいかんぞ。せいぜいあと二時間――ゆっくりと眠らせておくがいい」

「んじゃ、仕事に行ってくる」

「は？」

　何じゃ、こいつは？　という顔つきのファウストとピエールへ。

「モデルになりながら仕事の整理してたら、近所にひとり潜《ひそ》んでいるはずなのを思い出した。ちょっと行ってくる」

「トラブルになるのか？」

「一応は捜し出されたくなくて、逃亡してるわけだからね」
「では、わしも行こう」
「何をしに？」
「おまえの護衛じゃ。いま何かあっては困る」
「死人になっても、彼は描くと思うよ」
「それに賭《か》けるわけにはいかんのだ。何と言っても
ついていくぞ」
「邪魔は困る」
「そんなことはせん。ボディガードじゃ」
「一時間五万」
「金などいらん」
「あんたが払うんだ」
「――どういう意味だな？」
「いやだというのについてくるんだから当然だろ。
僕の精神的な負担は金銭に換算はできないが、強《し》い
てすればそのくらいかな」
あんぐり口を開いたファウストを尻目に、せつら
はさっさとドアの方へ向かった。こういうモデルも
珍しいだろう。自分の立場がわかっていないとしか
思えない。
サガンをベッドへ運ぼうともせず二人が去ると、
不可思議な感情の混交が室内を満たした。
ピエールは床に倒れたままのサガンを憎しみの眼
で見た。正確には見ようとした。彼の全てだった画
家の魂を奪い取った男。憎しみは、はっきりと殺意
に変わっていた。
だが、すぐに力を失い、また燃え上がる。不可解
な感情の変転は、サガンの内側《なか》に正に奪われたリラ
ンがいるという認識であった。彼はサガンと一体化
し、前代未聞の芸術の完成に邁進《まいしん》しているのだ。何
度となく天上天下唯我独尊《てんじょうてんげゆいがどくそん》の言動を重ねる狂絵師
に爪と牙に制動をかけたのは、これであった。
しかし、いま、画商の顔に根を張るのは、鉄の意
志に支えられた殺意だ。すでに全身は剛毛に覆わ
れ、牙も爪も鋼《はがね》の強靭《きょうじん》さと質量を保って、生身の

肉体へ食い込む瞬間を待っている。

決めたのだ――殺す、と。

彼はサガンの胸のあたりでその身体をまたぐと、右手を思い切り高くふりかぶった。

その左の腰《こし》をぐいと摑んだものがある。

「貴様《きさま》――!?」

ストレートを呑みこんでしまったかのように、声は出なくなった。

「リランだ」

幽鬼のような声は、サガンの唇から発したものだ。どう聞いてもサガン自身の声なのに、ピエールは狂喜した。

リランだ、間違いない!

「サガンの意識はいま虚空《こくう》にある。起こしてくれ」

「お、おお」

画商の肩を借りて立ち上がると、

「時間がない」

と言った。

「サガンは、ドクトル・ファウストの予想よりずっと早めに覚醒《かくせい》する。その前に一矢《いっし》報いる細工をしておきたい」

ピエールは沈黙した。同感だ。だが、画商とは同時に審美者である。彼はサガンの描くせつらに見惚《みと》れていた。これこそ歴史を越えて遺《のこ》る名作と信じた。ダ・ヴィンチもゴッホもピカソも糞食らえ。これこそが絵画だ。リランの意図《いと》は充分に理解できた。

だが、反射的に彼は、

「破るのか?」

と訊いた。

サガン＝リランは意外にも首を横にふった。

「莫迦を言うな。この絵は僕の作品でもある。サガンごときが単独で仕上げられるものか。ピエールよ、おまえといえど、悪意を持って指一本触れることは許されんぞ」

「わかっている。わかっているとも」

画商は子供のように喜んだ。普通の姿に戻っていた。

「――で、何をしようというのだ、リランよ？」

右手が上がって、ベッドを指さした。

「あの娘か！　一体どうしようというのだ？」

「ファウストは、あの娘に最終決定を委《ゆだ》ねるつもりだ」

「最終決定？」

「サガン――と僕の描いた肖像が、真にモデルを凌《しの》いでいるかの鑑定だよ。おかしな顔をするな。誰かが決めなきゃならんだろ。この娘はそのためにメフィスト病院から連れ出されたのだ」

「最後の判定を、小娘ひとりに委ねるのか？」

「この娘は純なる魂だ。また、審美眼は、拉致《らち》された時点であいつらから与えられている」

「何故《なぜ》、そんなことまで知っている？」

「魂だけの身になると、肉体という壁に邪魔されて届かない事実が、向こうからやってくるんだ」

ピエールは返事をしようとしたが、声は出なかった。

「それで？」

ようよう訊いたのは、数秒を経《へ》てからだ。

「結果はわかっている。僕とサガンの描いた肖像は、必ず本物《モデル》に勝る。秋せつらの魂は、あいつらのものだ。しかし僕はあえて、モデルの勝ちとするようこの娘に命じる」

ピエールはまた息を呑み、

「――そんなことが――出来るのか？」

「今のうちならば」

「だが、そんなことをすれば、せつらの魂を奪えなかったあいつらが、おまえをどんな眼に遭《あ》わせるか知れんぞ」

「…………」

「考え直せ。あいつらに任せるんだ。サガンなんぞのために、おまえの魂まで食らい尽くされたらどうする？　いつ秋せつらの肖像を完成させた。後は運命に任せろ」

「僕ひとりで描き上げたのなら、な。だが、これはサガンとの共同作業だ。僕の作品とはいえない。サガンのしたり顔を叩きつぶすにはこれしかない。この身が灼《や》かれようともだ。この身体を裸に剝いて、あの娘の上に重ねる。娘も裸にするんだ」

「わかった。だが、あいつらに魂を持っていかれたら、二度とせつらの絵は描けんぞ」

不意にサガン＝リランの手が激しく旋回《せんかい》した。がっと顎《あご》を鳴らしてのけぞったピエールが、かろうじて体勢を立て直す前に、殴った衝撃で床に倒れた画家が、仰向《あおむ》けで喚《わめ》いた。

「ピエール・ランジュ、おまえはリラン・デュニスを見誤ったのか!? 僕が求めれば、いかなる画商もギャラリーの主も、作品を仕上げるための努力を一切《いっさい》惜しまない。あいつらも同じだ。そして、僕は何処《どこ》でもいつでも描ける。たとえ硫黄の臭気がたちこめる地の底でも、秋せつらの肖像を完成させてみせるとも。そして、その絵の商《あきな》いはおまえに任せよう」

サガンの顔だ。サガンの声だ。しかし、ピエールには別人の顔に見えた。別人の声に聞こえた。

「おお、リラン。それでこそ、それでこそ世に並ぶ者なき天才の証言だ。いいとも、すべては任せる。好きにしろ。さ、早く娘に憑け。そして、サガンめにひと泡吹かせてやってくれ」

画商はサガンの身体を抱き起こすと、その頰《ほお》に口づけをした。それから彼の服を脱がせ、国重左輪も全裸にすると、仰向けにしたその上に、サガンの身体を重ねた。

左輪は魂のはずだ。肉体は持たぬ。だが、リランの努力のせいか、二つの身体は生身のそれと等しく重なった。

「あ……ああ」

左輪の唇が糸のような呻きを吐き出した。

ピエールが思わず頰を染めたほどの淫らな声にも

かかわらず、サガン＝リランの手は左輪の肩を押さえただけで、下半身は微動《びどう》だにしていない。

取り憑くというのは、こういうことなのであった。

そして、左輪の官能めいた喘《あえ》ぎが絶えて一〇分ほど経過したとき、秋せつらとファウストが戻って来た。


無論、サガンと左輪は別々にしてあったが、今度はサガンが眼を醒まさなくなった。左輪への憑依《ひょうい》でリランが抜け、その空虚《くうきょ》の生み出す疲労のせいかと思われた。

「よく寝る男じゃな」

とファウストが深々とうなずき、

「じゃ、お付き合い」

とせつらもベッドへ横になった。

時は刻々と過ぎ、夕暮れは夜に変わった。

モデルも画家も覚醒を忘れていた。寝息ゆえに死んではいないと知れるほどの深い眠りであった。

待ち人たちも、いつしか後を追い、顔に当たる風の動きでファウストが眼を醒ましたとき、リミット――零時まで五分と少しを残すのみであった。

彼はあわてた。時間のせいではない。仕上げはひと筆一秒で済む。国重左輪がせつらともども、キャンバスの方へ向かうのを見たからだ。

「おい、勝手に決めるな」

と声をかけても、左輪は止まらなかった。代わりにピエールが起きた。

左輪はサガンのかたわらで立ち止まり、画家の顔をひと撫でして、眼を醒まさせた。

「さて、あっという間に運命の時刻《とき》が来た。最後の決定はわしに非《あら》ず、この娘だ。さあ、偉大なる絵師よ、最後の筆をふるえ。その結果が栄光か屈辱かは、この娘に任せよう」

それは、あっという間にあっさりと終わった。

せつらの顔に唇が描かれた。それは本物であった。

おお、見よ。キャンバスにもうひとりの――正確にはひとつの――せつらの顔が出来ている。

ドクトル・ファウストとピエールが、おおと呻いたきり、深い沈黙に落ちた。ピエールに到っては、十字まで切ったではないか。

二つの美がそこにある。

本物と絵と――せつらの魂は吸い取られたのか？　それとも――

ファウストもピエールもそれは判断しかねた。出来るのは左輪ひとり。

彼女は美しい虚《きょ》と実《じつ》とを眺めた。

魂よ、純なる魂よ――おまえはリラン・デュニスの廻し者ではないのか？

左輪が一歩出た。それで終わりだった。

彼はせつらに近づき、その首に手を廻して唇を重ねた。同時に仰向けに倒れた。その身体をせつらは間一髪で抱き止めて、

「勝負あった」

と言った。

「サガンが敗れた――虚は実に及ばず。秋せつらは、この世にひとりだけだったか」

「いや、これはペテンだ」

サガンは手負いの獅子のように、髪の毛をふり乱して叫んだ。

「おれの絵が現実に負けて堪《たま》るか。絵の美しさと現実の美とは非なるものだ？　い、いや、美しさに虚実はない。優劣があるきりだ。そして、おれの絵は常に誰よりも優れている。こんな結果が出るものか。おお、リランの能無しは何処へ行った。もう読めたぞ。この女――リランに憑かれたな？　いいや、リラン自身に成り果てたか」

「そのとおりだ」

左輪が口を開いた。リランの声であった。

「やはり――貴様は……」

「聞け、サガン」

と左輪＝リランは静かに言った。

「僕がこの娘に憑いたのは、おまえへの嫌がらせのためだ。だが、結果は――本物だ。嘘はついていない。僕は真実――画家としての名誉と誇りをかけて、実のせつらを選んだのだ」

「嘘をつけ、この二枚舌野郎。おれの絵が――」

そのとき、サガンは左輪と残る二人の眼差しに気がついた。

ふり向いて、愕然となった。

溶《と》けていく。キャンバスに描き尽くした秋せつらの美貌が、虹色の泥濘《でいねい》と化して、画面をしたたり落ちていく。

「ま、まさか――」

「驚くな」

と左輪＝リランが疲れたように声をかけた。

「自分を見つめろ。おまえにも僕にも、結果はわかっていたはずだぞ。筆を取るずっと前――秋せつらをひと目見た瞬間から」

「黙れ！」

サガンの右手が閃《ひらめ》いた。

いつペインティング・ナイフを摑んだのか、目撃した者はない。

左輪がよろめいた。

首に当てた左手の指の間から、あり得ない鮮血が噴き出し、床にとび散った。

「リラン!?」

ピエールが立ちすくんだ。

もとより左輪は魂が人の形を取って現われた存在だ。出血など人間的現象が生じるはずはない。

「おれなら魂も斬《き》れる。このサガンが操るナイフなら」

「貴様――」

最後のひとことは獣の唸りに消されていた。

サガンめがけてピエールが四足獣の跳躍を見せ、空中でその喉元を銀光が一閃《いっせん》した。

新たな血を床に吐きつけて自らも後を追う巨軀《きょく》の

かたわらで、サガンが哄笑を放った。

「身の程知らずめが。地獄でせつらの魂が来るのを見届けるがいい。おれはまた――」

笑いがぷつんと止まった。

眼前にせつらが立っていた。

同じ顔、同じ姿で。

だが、変わった。その中身が。

「私に会ってしまったな」

と彼は言った。

棒立ちになったサガンの身体が縦に裂け、凄まじい血塊の乱舞とともに、恍惚たる声が聞こえた。

「何ということだ……もうひとりの……せつらがいようと……は……。おれは……千たび生まれ変わって……もう一度……チャレンジ……するぞ……私と名乗る男を……描くため……に」

声も二つに分かれて消えた。

せつらは左輪に歩み寄った。

「救え」

とファウストに命じた。左輪ひとりではない。リラン・デュニス――今回の依頼を解決しうるただひとりの人物の魂もともにある。

「安心せい」

老人はドアの方を向いた。

正に絶妙――開いた扉から入って来た白い影の美しさよ。

天与の美貌が、おお、と呻いて立ち尽くした。

「こんなところに――私の想い人よ」

せつらは左輪とリランの身体を指さした。

「〈救命車〉も下にいる。心配はいらん。この程度の傷なら病院へ行くまでもないが」

「それはどーも」

茫洋たる声は、メフィストにしみじみと両眼を閉じさせた。そこにいるのは、ドクター・メフィストの憧憬《しょうけい》の対象ではなかった。

メフィストの合図で侵入して来た救命士たちが、三人の身体を運び出すのを見ながら、せつらは溜息をついた。

「安堵したまえ」

とメフィストが言った。

「リラン・デュニスの魂は、今回の契約から除外される。怪我《けが》が治れば、君の求めに応じて魂の解放に力を貸すだろう」

「どうして、わかる?」

「交渉は済んでいる。少々キツかったが。ドクトル・ファウストが仲介《ちゅうかい》の労を取ってくれた。礼を言いたまえ」

二人が別人のように疲れ、見えない傷を負っていたのはそのせいか。

「どーも」

とせつらは、にこりともせず言った。これでもこの若者にとっては、心からの御礼なのかも知れない。

ファウストは肩をすくめたきりである。

「また来るぞ」

と彼は白い愛弟子《まなでし》と黒衣の美青年へ予言した。サガンのことだろう。

「しかも、今度はあいつらの仲間と化してだ。少々手強《てごわ》い。整形でもしてやり過ごすか」

せつらは、はは、と笑っただけだった。

その笑顔より、〈新宿区民〉は、それを見つめる師弟の表情に驚嘆《きょうたん》するに違いない。

この瞬間、偉大なる二人の魔道士は、何処にでもいる平凡な——恋に破れた男たちのように見えた。

〈注〉本書は月刊『小説ＮＯＮ』誌（祥伝社発行）二〇一二年一月号から六月号まで掲載された作品に、著者が刊行に際し、加筆、修正したものです。

——編集部

あとがき

子供の頃から、絵といえば少年漫画か美術の教科書に載《の》っている古今《ここん》の名作傑作ぐらいしか縁がない。

なのにここ数年、フェルメールだの、ミレーだの、印象派だの、セザンヌだの、なんだのかんだので、上野《うえの》や渋谷《しぶや》、六本木《ろっぽんぎ》へ出掛ける回数が増えた。

勿論《もちろん》、人並みの眼は持っているつもりだが、それ以上でもそれ以下でもないから、感動も相応で、名作とそれ以外の区別などまるでつかない。必ず評価の定まっている作品の前で腕組みし、

「どこが評価だ?」

と呻吟《しんぎん》しているうちに、後の客にどつかれて退散する羽目《はめ》になる。

この程度の作者が、絵画をテーマに〈新宿〉サーガを書くなど、身の程知らずもいいところなのだが、やってしまったものは仕方がない。

絵筆や絵具、肖像画の号数についてもさっぱり?なので、やむを得ずイラスト担当のS

氏の御宅へ電話して訊《き》くことにした。

「はい、Sですゥ」

金鈴《きんれい》が鳴るような声とはこれか。S夫人である。

「スミマセン。きゃんばすノさいずヲ教エテクダサイ」

「あーら、K先生。いつもお世話になっておりますぅ」

「食事デモイカガデショウカ？」

おい、目的が違うぞ。

「ほほほ、少しお待ち下さい」

「アハ。ア」

夢は去ってしまい、未練たらしく、ト、ヤ、ブ、ウなどとクトゥルー神話の邪神の名前などつぶやいてる私の耳に、

「はい、お電話替わりました」

と低く男らしいS氏の声が鼓膜に鳴り響いて、絵筆やキャンバスについて細かく丁寧《ていねい》に教えて下さるのであった。

私はもともと「絵画怪談」が好きで、人を食べる肖像画や、夜中になると絵から脱《ぬ》け出て人を襲う肖像の話などを読んだり見たりすると、本屋の中で、おお！　と叫んで他の客の注目を浴《あ》びたものである。

かくて、『狂絵師サガン』は完成した。熟読吟味の程。

二〇一二年七月某日

「ドリアン・グレイの肖像」(45)を観ながら

菊地秀行

狂絵師サガン

ノン・ノベル百字書評

キリトリ線

なぜ本書をお買いになりましたか（新聞、雑誌名を記入するか、あるいは○をつけてください）

- □（　　　　　　　　　　　）の広告を見て
- □（　　　　　　　　　　　）の書評を見て
- □ 知人のすすめで
- □ タイトルに惹かれて
- □ カバーがよかったから
- □ 内容が面白そうだから
- □ 好きな作家だから
- □ 好きな分野の本だから

いつもどんな本を好んで読まれますか（あてはまるものに○をつけてください）

●**小説**　推理　伝奇　アクション　官能　冒険　ユーモア　時代・歴史　恋愛　ホラー　その他（具体的に　　　　　　　）

●**小説以外**　エッセイ　手記　実用書　評伝　ビジネス書　歴史読物　ルポ　その他（具体的に　　　　　　　）

その他この本についてご意見がありましたらお書きください

最近、印象に残った本をお書きください		ノン・ノベルで読みたい作家をお書きください	

1カ月に何冊本を読みますか	冊	1カ月に本代をいくら使いますか	円	よく読む雑誌は何ですか	

住所					
氏名		職業		年齢	

あなたにお願い

この本をお読みになって、どんな感想をお持ちでしょうか。

この「百字書評」とアンケートを私までいただけたらありがたく存じます。個人名を識別できない形で処理したうえで、今後の企画の参考にさせていただくほか、作者に提供することがあります。

あなたの「百字書評」は新聞・雑誌などを通じて紹介させていただくことがあります。その場合はお礼として、特製図書カードを差しあげます。

前ページの原稿用紙（コピーしたものでも構いません）に書評をお書きのうえ、このページを切り取り、左記へお送りください。祥伝社ホームページからも書き込めます。

〒一〇一―八七〇一
東京都千代田区神田神保町三―三
祥伝社
NON NOVEL編集長　保坂智宏
☎〇三（三二六五）二〇八〇
http://www.shodensha.co.jp/bookreview/

NON NOVEL

「ノン・ノベル」創刊にあたって

「ノン・ブック」が生まれてから二年一カ月、ここに姉妹シリーズ「ノン・ノベル」を世に問います。

「ノン・ブック」は既成の価値に〝否定《ノン》〟を発し、人間の明日をささえる新しい喜びを模索するノンフィクションのシリーズです。

「ノン・ノベル」もまた、小説《フィクション》を通して、新しい価値を探っていきたい。小説の〝おもしろさ〟とは、世の動きにつれてつねに変化し、新しく発見されてゆくものだと思います。

わが「ノン・ノベル」は、この新しい〝おもしろさ〟発見の営みに全力を傾けます。

ぜひ、あなたのご感想、ご批判をお寄せください。

昭和四十八年一月十五日

NON・NOVEL編集部

NON・NOVEL —1001

魔界都市《まかいとし》ブルース　狂絵師《くるいえし》サガン

平成24年9月10日　初版第1刷発行

著者　菊《きく》地《ち》秀《ひで》行《ゆき》
発行者　竹内和芳
発行所　祥《しょう》伝《でん》社《しゃ》
〒101-8701
東京都千代田区神田神保町 3-3
☎ 03(3265)2081(販売部)
☎ 03(3265)2080(編集部)
☎ 03(3265)3622(業務部)
印刷　萩原印刷
製本　積信堂

ISBN978-4-396-21001-4　C0293

Printed in Japan

祥伝社のホームページ・http://www.shodensha.co.jp/

長編推理小説 十津川警部二つの「金印」の謎 西村京太郎

トラベル・ミステリー 十津川班捜査行 湘南情死行《しょうなん》 西村京太郎

長編推理小説 近鉄特急 伊勢志摩ライナーの罠 西村京太郎

トラベル・ミステリー 十津川班捜査行 わが愛 知床《しれとこ》に消えた女 西村京太郎

長編推理小説 十津川警部捜査行 外国人墓地を見て死ね 西村京太郎

トラベル・ミステリー 十津川警部捜査行 宮古《みやこ》行「快速リアス」殺人事件 西村京太郎

長編推理小説 生死を分ける転車台 天竜浜名湖鉄道の殺意 西村京太郎

トラベル・ミステリー 十津川警部捜査行 カシオペアスイートの客 西村京太郎

長編推理小説 十津川警部捜査行 SL「貴婦人号」の犯罪 西村京太郎

トラベル・ミステリー 十津川直子の事件簿 西村京太郎

長編本格推理小説 愛の摩周湖殺人事件 山村美紗

長編冒険推理小説 誘拐山脈 太田蘭三

長編山岳推理小説 奥多摩殺人溪谷 太田蘭三

長編山岳推理小説 殺意の北八ヶ岳 太田蘭三

長編推理小説 闇の検事 太田蘭三

長編推理小説 顔のない刑事〈二十巻刊行中〉 太田蘭三

長編推理小説 摩天崖《まてんがい》 警視庁北多摩署特別出動 太田蘭三

長編本格推理小説 終幕《フィナーレ》のない殺人 内田康夫

長編本格推理小説 志摩《しま》半島殺人事件 内田康夫

長編本格推理小説 金沢《かなざわ》殺人事件 内田康夫

長編本格推理小説 喪《うしな》われた道 内田康夫

長編本格推理小説 鯨の哭《な》く海 内田康夫

長編推理小説 棄霊島《きれいじま》 上下 内田康夫

長編推理小説 還《かえ》らざる道 内田康夫

長編本格推理 薩摩半島 知覧《ちらん》殺人事件 梓林太郎

長編本格推理 天竜川殺人事件 梓林太郎

長編本格推理 釧路川殺人事件 梓林太郎

長編本格推理 立山アルペンルート 黒部川殺人事件 梓林太郎

長編本格推理 笛吹川殺人事件 梓林太郎

長編本格推理 紀の川殺人事件 梓林太郎

長編本格推理 京都 保津川殺人事件 梓林太郎

長編本格推理 京都 鴨川殺人事件 梓林太郎

長編旅情ミステリー　遠州姫街道殺人事件　木谷恭介

長編旅情ミステリー　石見《いわみ》銀山街道殺人事件　木谷恭介

長編推理小説　棟居刑事の一千万人の完全犯罪　森村誠一

長編本格推理　緋色の囁《ささや》き　綾辻行人

長編本格推理　暗闇の囁き　綾辻行人

長編本格推理　黄昏《たそがれ》の囁き　綾辻行人

ホラー小説集　眼球綺譚《きたん》　綾辻行人

長編本格推理　一の悲劇　法月綸太郎

長編本格推理　二の悲劇　法月綸太郎

本格推理コレクション　しらみつぶしの時計　法月綸太郎

長編本格推理　黒祠《こくし》の島　小野不由美《ふゆみ》

長編本格推理　紫《むらさき》の悲劇　太田忠司

長編本格推理　紅《べに》の悲劇　太田忠司

長編本格推理　藍《あい》の悲劇　太田忠司

長編本格推理　男爵《バロン》最後の事件　太田忠司

長編ミステリー　警視庁幽霊係　天野頌子《しょうこ》

長編ミステリー　恋する死体　警視庁幽霊係　天野頌子

連作ミステリー　少女漫画家が猫を飼う理由《わけ》　警視庁幽霊係　天野頌子

連作ミステリー　紳士のためのエステ入門　警視庁幽霊係　天野頌子

長編ミステリー　警視庁幽霊係と人形の呪い　天野頌子

長編ミステリー　警視庁幽霊係の災難　天野頌子

長編本格推理　扉は閉ざされたまま　石持浅海《いしもちあさみ》

長編本格推理　君の望む死に方　石持浅海

長編本格推理　彼女が追ってくる　石持浅海

長編ミステリー　これから自首します　蒼井上鷹《あおいうえたか》

長編本格歴史推理　金閣寺に密室《ひそかむろ》　とんち探偵一休さん　鯨統一郎《くじらとういちろう》

本格時代推理　謎解き道中　とんち探偵一休さん　鯨統一郎

サイコセラピスト探偵　波田煌子シリーズ〈全四巻〉　なみだ研究所へようこそ!　鯨統一郎

長編本格歴史推理　親鸞《しんらん》の不在証明　鯨統一郎

本格歴史推理　空海　七つの奇蹟　鯨統一郎

長編サスペンス　陽気なギャングが地球を回す　伊坂幸太郎

長編サスペンス　陽気なギャングの日常と襲撃　伊坂幸太郎

連作小説 **厭な小説** 京極夏彦

長編伝奇小説 **新・竜の柩** 高橋克彦

長編伝奇小説 **霊《たま》の柩** 高橋克彦

長編歴史スペクタクル **奔流《ほんりゅう》** 田中芳樹

長編歴史スペクタクル **天竺《てんじく》熱風録** 田中芳樹

長編新伝奇小説 **夜光曲** 薬師寺涼子の怪奇事件簿 田中芳樹

長編新伝奇小説 **水妖日にご用心** 薬師寺涼子の怪奇事件簿 田中芳樹

サイコダイバー・シリーズ①〜⑫ **魔獣狩り** 夢枕 獏

サイコダイバー・シリーズ⑬〜㉕ **新・魔獣狩り**〈全十三巻〉 夢枕 獏

長編超伝奇小説 新装版 **魔獣狩り外伝** 聖母隠陀羅・美空曼陀羅 夢枕 獏

長編超伝奇小説 新装版 **新・魔獣狩り序曲** 魍魎の女王 夢枕 獏

長編新格闘小説 **牙鳴り** 夢枕 獏

マン・サーチャー・シリーズ①〜⑫ **魔界都市ブルース**〈十二巻刊行中〉 菊地秀行

魔界都市ブルース **ブルーマスク**〈全二巻〉 菊地秀行

魔界都市ブルース **〈魔震〉戦線**〈全二巻〉 菊地秀行

魔界都市ブルース **紅《くれない》秘宝団**〈全二巻〉 菊地秀行

魔界都市ブルース **青春鬼**〈四巻刊行中〉 菊地秀行

魔界都市ブルース **闇の恋歌《こいうた》** 菊地秀行

魔界都市ブルース **妖婚宮《ようこんきゅう》** 菊地秀行

魔界都市ブルース **〈魔法街〉戦譜** 菊地秀行

長編超伝奇小説 ドクター・メフィスト **夜怪公子《やかいこうし》** 菊地秀行

長編超伝奇小説 ドクター・メフィスト **若き魔道士** 菊地秀行

長編超伝奇小説 ドクター・メフィスト **瑠璃魔殿《るりまでん》** 菊地秀行

魔界都市迷宮録 **ラビリンス・ドール** 菊地秀行

魔界都市プロムナール **夜香抄《やこうしょう》** 菊地秀行

魔界都市ノワール・シリーズ **媚獄王《びごくおう》**〈三巻刊行中〉 菊地秀行

魔界都市アラベスク **邪界戦線** 菊地秀行

魔界都市ヴィジトゥール **幻工師ギリス** 菊地秀行

超伝奇小説 **退魔針《たいましん》**〈三巻刊行中〉 菊地秀行

長編超伝奇小説 **魔界行** 完全版 菊地秀行

新バイオニック・ソルジャー・シリーズ **新・魔界行**〈全三巻〉 菊地秀行

NON時代伝奇ロマン **しびとの剣**〈三巻刊行中〉 菊地秀行

祥最新刊シリーズ

ノン・ノベル(新書判)

長編小説
ダークゾーン 貴志祐介
"軍艦島"で展開する地獄のバトル!
サスペンス満載の知的ゲーム小説

長編推理小説　書下ろし
京都鞍馬《くらま》街道殺人事件 木谷恭介
南アルプスへ向かった学者が失踪!
宮之原警部、最後の事件に挑む!

魔界都市ブルース
狂絵師サガン 菊地秀行
二人の天才画家がせつらをモデルに!?
絵筆一本で街を滅ぼす芸術対決!

長編推理小説
九州新幹線マイナス1 西村京太郎
"走る密室"から消えた少女の謎!?
十津川警部を襲う重大事件の連続!

四六判

たとえば、すぐりとおれの恋 はらだみずき
交錯する今と過去、すぐりとおれ
ふたつの視点から描かれる恋

祥好評既刊シリーズ

ノン・ノベル(新書判)

旅行作家・茶屋次郎の事件簿　書下ろし
京都　鴨川殺人事件 梓林太郎
紅葉の古寺に忽然と消えた美女
謎の連鎖を追う人気旅情ミステリー

四六判

アラミタマ奇譚 梶尾真治
聖なる地か、癒しの場か、それとも…
パワースポット阿蘇の秘密とは!?

夏雷《からい》 大倉崇裕
彼はなぜ槍ヶ岳を目指したのか?
新たな山岳ミステリーの傑作誕生!

江戸の茶碗 まっくら長屋騒動記 中島　要《かなめ》
飲んだくれ"先生"、獅子奮迅!
笑って泣ける新世代の人情時代小説

早稲女《ワセジョ》、女、男 柚木麻子
面倒臭いけど憎めない早稲女《わせじょ》と
5人の女子の迷い、葛藤、そして恋